龍神様の求婚お断りします

～巫女の許婚は神様でした～

琴織ゆき

STARTS
スターツ出版株式会社

目次

龍神様の求婚お断りします
～巫女の許婚は神様でした～

序幕　運命のはじまり

――高天原《たかまがはら》。

八百万《やおよろず》の神々が住まう、天上の国。

神々は己《おのれ》に課された神命に則《のっと》り、人の願いや祈りを聞き届ける。

一方で、天上では人と同じように生活を築き、永遠無窮《えいえんむきゅう》な年月を刻んでいた。

そんな神々の国に、たったひとり――〝人の子〟がいた。

純血の人の子でありながら、彼女はその身に膨大な霊力を宿す。

それは神々を蝕《むしば》む穢《けが》れを祓《はら》い清めることができる、唯一無二の特別な力――。

神々はたいそう喜んだ。

ああ、稀代《きたい》の宝だ。ようやく現れた愛し子だ。みすみす死なせるくらいなら、たとえ運命を捻《ね》じ曲げてでも隠してしまおう。そうしよう――。

そうして神の世界に隠されてしまった、哀れな人の子。

神々は彼女をこう呼んだ。


――清めの巫女《みこ》。

幼くして人の理を外れることになった彼女は、神々の手により蝶《ちょう》よ花よと大切に育てられ、いつしか十九の美しい娘になっていた。

けれどある日、巫女の育ての親である最高神、天照大神《あまてらすおおみかみ》が長い眠りにつくこととなり、運命の歯車は時の狭間《はざま》で大きく廻《まわ》り始める。

——天照大神の天啓《てんけい》により、神と婚姻を結ぶこととなった巫女。
なんでも、清めの巫女との婚姻は、神々にとって大きな意味があるという。
その恩恵を欲し、数多《あまた》の神が巫女を娶《めと》ろうと躍起になった。
だが、許嫁として選ばれたのは、森羅万象《しんらばんしょう》の〝流れ〟を司る龍神《りゅうじん》。
同じ神々にすら畏怖《いふ》されている天つ神……——。
巫女の初恋の相手であった。

「俺の嫁に来い、真宵《まよい》」
「お断りします」

それぞれが背負う宿命が、今ここに結び、解かれ、溶けあってゆく。儚《はかな》く、脆《もろ》く、泡沫《うたかた》のようにすれ違えど重ならない想いは、はたして何処《いずこ》へ向かうのか。
——これは、そんな巫女と龍神が巡《めぐ》り辿《たど》る、天上の運命の物語。

第壱幕　巫女の宿命

「ん、起きたか。おはようさん、真宵」

――切実に問いたい。

いつも通り目覚めた瞬間、間近にこの世のものとは思えない美しい顔が控えていたときの正しい反応を。……普通の人の子がする、最適解《さいてきかい》を。

見惚《みと》れるか、殴るか、悲鳴をあげるか――。

ちなみに真宵は、ひと呼吸置いたあと、努めて冷静に夢のなかであろうと判断した。

そうしてひとまず、今日の朝ごはんは焼き魚かな、とまったく別のことを考える。

うっすらと開けた瞼《まぶた》をそっと下ろし、どうせならできたばかりの漬物もつけようと朝食に思いを馳《は》せた。

それが、普通を知らない、真宵のなかの正解。

……だというのに、この男はそんな苦し紛れの現実逃避すら許してくれないらしい。

「おい、また寝るつもりか？　未来の旦那を前にしてつれないやつだな」

声の主は拗《す》ねたように言いながら、真宵の頬をむにむにと摘《つ》まんでくる。やめてほしい。そんな直接的に攻撃を加えてくる目覚まし時計など設定した覚えはない。

というか、なぜここにいるのだろう、この男は。

「……冴霧《さぎり》様」

「夜すがら少しうなされていたようだが、だいじょ――」

「神ともあろう者が夜這《よば》いですか。というか、不法侵入ですよね。叫びますよ」

パチリと目を開けて、間近で見下ろしてくる美丈夫を冷たく睨《にら》みつける。

装飾のない無地の着流しに、雅《みやび》やかな流水柄の広袖を纏《まと》っているだけ。にもかかわらず、このあふれんばかりの色香は、控えめに言っても反則ではなかろうか。

やや襟《えり》の緩んだ胸元に覗《のぞ》くのは、雪を欺《あざむ》くほどの透き通る白肌。

思わずそれを凝視してしまった真宵は、自身の頬が瞬く間に熱を持っていくのを感じ、きゅっと眉を中心に寄せた。

（……心臓に悪いったら）

仮にも相手は異性。しかも——現在進行形で想いを募らせる、初恋の相手。

いくら冴霧の悪ふざけに慣れているとしても、こういった状況では意識しない方が無理な話だ。否、決して夜這いではないとわかってはいるけれども。

なにせこの男——冴霧は、褥《しとね》で行儀よく眠っていた真宵にぴったりと寄り添って、自らも横になっているだけだ。立てた腕に頭を預け、慈《いつく》しむように真宵を堪能する様は、はたから見れば子どもを寝かしつけているような健全さだろう。

一応、布団のなかで手を動かし衣服を確認したが、とくに寝る前と変わらない。

これがはだけているとか、はたまた下着をつけていないとかだったら話は別だが、皮肉なことに冴霧はそういうことをしない男だ。

とりわけ、真宵に対しては。

「不法侵入だなんて人聞きが悪い。坊主は快く入れてくれたぞ」

「そんなこと言って。どうせなにかで釣ったか、脅したんでしょう？」

「なに、かごやの饅頭《まんじゅう》をくれてやっただけだ」

悪びれもなく、冴霧はしれっと答えてみせる。

番犬——もとい番狐《きつね》は、食欲に抗えず呆気《あっけ》なく絆《ほだ》されてしまったらしい。大好物に飛びつく姿がまざまざと脳裏に浮かび、真宵はげんなりしながら頭を抱えた。

「知らない神様から物をもらっちゃだめって、いつも言ってるのに……」

「おいこら、さすがに聞き捨てならんな。仮にも〝許嫁〟を知らんやつ呼ばわりはおかしいだろ」

はあ、と寝起きからじっとりとした疲れを感じつつ起き上がる。

（……こっちの気も知らないで、のんきなんだから）

真宵は胡乱《うろん》な目でまじまじと冴霧を見下ろした。このいかにも茶番な会話でさえ心の底から楽しんでいるのだから、なんともタチが悪い。

いっそ芸術品のような寸分の狂いもない美麗な顔には、時折〝やんちゃさ〟と〝素直さ〟が垣間《かいま》見える。どちらも真宵の前だけでしか出さない表情だ。そういったところは可愛《かわい》い、と思わないでもないのだけれど。

「まったくもう……。それで、ご用件は？」

「そりゃあおまえ、決まってるだろ。求婚しに来たんだ」

聞かなければよかった。

「…………」

ひとまず極限まで心を凪《な》いで、完全なる無に落とし込む。いっさいの表情を消し去った真宵に、冴霧はなにを思ったか、自らも体を起こして身を乗り出してきた。

「近いんですけど」

「照れるなよ。そして今日こそ俺の花嫁になれ、真宵」

「お断りします」

反射的に仰《の》け反《ぞ》りながら、ピシャリと言い放つ。

けれど、冴霧が前のめりに「なぜだ」と言い募ってきたせいでさらに距離が近づき、真宵の持続性が低い〝無〟状態はいとも容易く霧散《むさん》した。

（いつもいつも、私ばっかりどきどきして……っ）

唐突に跳ね上がる心臓と羞恥《しゅうち》に耐えきれず、大きく、深く息を吸い込む。

そして――視界の端にぎょっとしたような冴霧が見えたがかまわず――勢いよく、全力で、ありったけの非難《ひなん》を込めつつ、吐き出した。

「きゃあああああっ冴霧様の変態いいいいいっ！」

「ぐぁっ――!?」

離れの隅々まで響き渡っただろう真宵の悲鳴に、冴霧がひっくり返った。

真宵も真宵で布団に顔からうずくまり、えらくキンとした耳を押さえる。自分であげておいてなんだが、鼓膜がびりびり震えた気がした。

これは、あれだ。間違いなくボリューム調整を誤った。

(ああ朝から大声なんて本当に喉に悪い。でも、それもこれもすべて冴霧様のせいだもの。もしかしたら御殿の方まで聞こえたかもだけど、私は悪くない)

んんっと咳払《せきばら》いして叫んだ余韻を消し去りながら、心のなかで粛々《しゅくしゅく》と言い訳する。

「おまっ、ふざけるなよ! 俺の鼓膜を殺す気か……っ!」

よほど頭に響いたのか、冴霧はまだ両耳を押さえながら悶《もだ》えている。

そんな彼を一瞥《いちべつ》しながら、真宵はさっさと立ち上がって帳を開けた。


地上では雨季の真っただなか、水無月《みなづき》――六月のなかば。

けれど、ここ天上の国――高天原の天気は気象を司る神々に左右されることが多いので、四季こそあっても空模様はいつだって気まぐれだ。

ちなみに今日は、清々《すがすが》しい青天井が広がっている。かすかに遠方が白ばんではいるものの、珍しく雲ひとつ浮かんでいない。

最近は雨続きであったが、この様子だと久しく機嫌がよいらしい。

ここ数日閉めきっていた窓を開け放ち、真宵はすっきりとした笑みをこぼした。

「うーん、いい天気」

いまだに褥で唸《うな》っている冴霧を無視して鏡台へ向かう。

鏡に映る自分の顔はやたらと白々としており、見るからに血色が悪い。

真宵は思わず苦笑し、自身の頬を指先でそっとなぞる。

（いろいろと限界が近いのね、きっと）

十九という歳のわりに幼さの残る顔立ち。小柄で華奢《きゃしゃ》な体躯。神々の国で育ってきた影響か、はたまた遺伝なのか、真宵はやや発育が乏《とぼ》しい傾向にあった。

もとからそんな状態なのに、これ以上みすぼらしくはなりたくない。

けれど、冴霧はなにも言わないし、はたから見たらまだ気づかないレベルなのか。

気づいていてなお触れないのなら、それはそれで複雑な心境に陥るが――。

「冴霧様」

「くそ、まだ耳がじんじんする……」

「いつまでも転がっていないで、しゃんとしてください」

とある事情で伸ばし続けている烏羽色《からすばいろ》の髪を結い上げながら、真宵は冴霧の方を振り返る。恨めしそうな視線が刺々しく向けられているが、気にしない。

「自業自得ですよ。まったく、懲《こ》りないんですから」

不法侵入者を安易に招き入れた元凶が、『真宵さまぁっ!!』と派手に炎を巻き散らかしながら部屋に飛び込んでくるまで、あと数秒といったところだろうか。

(まあ、ある意味……平和な朝かな)

頬を掠《かす》めた心地よい風の音に、真宵は穏やかな心持ちで耳を澄《す》ませた。

◇

真宵はその実、あやかしの血は一滴も流れていない純血の人の子である。

よって生まれも、ここ神界ではなく、人の世界——うつしよであった。

けれど、ゆえあって、物心ついた頃にはすでに神々のもとで暮らしていた。

高天原にやってきたのは、真宵が産声をあげて間もない幼き日のこと。

——すべての始まりは、うつしよで起きたひとつの不運な事故。言うまでもなく、真宵はその事故に巻き込まれた当事者だった。

うつしよに生まれ落ちたばかりで、なにひとつ世界のいろはも知らぬまま——幼い真宵は、その事故によって、かくも儚い小さな命を散らしかけたのだ。

だが、その灯が消え失せる寸前、運命が変わった。

……神様に拾われた、と言えば、聞こえはよいだろうか。

いわゆる〝神隠し〟に遭ったのだ。

そうして連れてこられた先が、ここ、高天原だった。

しかしそれは、単に親切や同情による行動ではない。真宵を救うことに、他ならぬ利点があったから。利用価値を見出されたゆえの結果であった。

――〝清めの巫女〟。

それは、浄化の力を宿す者。

神々の心身を癒《いや》し、調《ととの》え、穢れを祓うことができる者。

八百万の神々が、幾千《いくせん》、幾万《いくまん》の時を引き換えにしてでも囲いたい特別な存在。

偶然か、あるいは必然か。

真宵は、そんな〝清めの巫女〟だったのだ。

とはいえ、実際のところ、そのときの真宵はもう手遅れに等しい状態だったという。命を得たばかりで、体力もなければ、生命力もない。体はすでに死んでいるも同然で、魂は輪廻転生《りんねてんしょう》のために肉体から分離されかけていた。

そんな赤子が、稀代の清めの巫女だというのだから笑えない。

神々は悩んだ。悩んだ末、巫女を生かすことを選んだ。たとえそれが禁忌に触れることであっても、すでに死にゆく運命だった人の子を無理やり取り戻した。

そんな経緯ゆえに、真宵は、自然の神力《しんりき》が満ち満ちる高天原でしか生命を維持できないのである。神々の人智を超えた力で生かされた代償は、決して軽くない。

まあ、そうして神様に育てられることとなった人の子だ。なにかと煩わしい枷《かせ》を背負う羽目になったのも無理はないだろう。

（……人の子でなければ、きっとなにも悩むことはなかったのに）

けれども、決して不幸だったわけではない。

蝶よ花よと——それこそ、どこかの姫君のように育てられた自覚はある。

（私が、清めの巫女でも、人の子でもなく、みんなと同じように神様だったら……なにか変わったのかな）

だというのに、こうも己が人の子であることを嘆いてしまうのは、なぜなのか。

（本当に……これじゃあ幼い頃に逆戻りしたみたい。いつも寂しくて、心のどこかが空っぽで、嫌だ嫌だと泣いていたあの頃と同じ。なにも、変わってない）

育ての親——義母の天利《あまり》は、とても過保護な神様だった。

彼女の目が届く範囲でしか生活を許されず、御殿の外には数えるほどしか出たことがない。それどころか、神々との接触も制限されていたくらいだ。

神々は危険。人の子とは異なる存在。

油断をするな。隙《すき》を見せるな。

そこまで危機感を煽《あお》る理由を天利は詳しく話してくれなかったけれど、そこには人の子が知ることのない神々特有の事情があるのだろう。

ともかく、ゆえに真宵は、かなり狭い世界で育つこととなったのだが。

（実際……ここでひとりぼっちなのは、今も変わらないのかもしれないけど）

外界から隔絶《かくぜつ》されたゆりかご。柔らかな繭《まゆ》にくるまれた強固な安全圏。

そんな世界で唯一、なんの制約もなくそばにいてくれたのが冴霧だった。

だからこそ、彼のことは幼い頃から兄のように慕っていた。

ほのかに抱く想いが恋へと変わるのも、必然だったのだろう。

けれど、真宵はわかっていた。その想いが、決して成就するものではないことを。

それを思い知らされた在りし日を想起するたびに、胸の奥が軋んだ音を立てる。

あの日、真宵は神様と人の子がいかに異なる存在なのかを理解した。

理解したからこそ、冴霧への想いを封じ込めると決めた。この想いはやがて真宵自身を傷つけ蝕むものだと、幼心に痛感してしまったから。

（なのに……許嫁なんて厄介《やっかい》なもの、どうしてかか様は——）

「……さま？　真宵さま？」

「えっ」

「大丈夫ですか？」

心配そうに揺らぐ瞳を向けられて、真宵はようやく我に返った。

どうやらぼうっとしてしまっていたらしい。

「ごめん、大丈夫だよ。ごはんね、今用意するから」

「本当の本当に、大丈夫ですか？　嘘、じゃないですか？」

「ふふ、平気平気。今日もちゃんと元気だよ、私は」

冴霧が先ほど〝坊主〟と呼んでいた彼の名は、白火《はくび》という。

背丈はほんの五、六歳。真宵の体の半分程度しかない、小さな男の子だ。

白玉のように柔らかそうな丸い顔と、うるうると涙が浮かぶつぶらな瞳。頬にかかる黄金色の髪から生えるふたつの獣耳《けもみみ》は——今はへたりと垂れていた。

「そう言って真宵さまはいつも無理するんですよ。ぼく、知ってるんですから」

「はいはい、ふくれないの」

真宵が生活をしている離れは、本邸である御殿とは趣《おもむ》きが異なる。

あるのは厨《くりや》、浴室、厠《かわや》、寝室、居間、客室のみ。荘厳たる御殿と違い、豪奢《ごうしゃ》な装飾はどこにもない。必要最低限の生活ができるだけの、質素な庵《いおり》である。

もともとは執務担当用に作られたらしいが、真宵が知る限り、ここで暮らしていた者はいない。たまに来客があったときに開放するくらいだった。

そのため、義母が長い眠りについた半年前を機に徐々に衣食住の場を移し、現在はほぼこの離れだけで生活が成り立っている。

ともあれ、以前暮らしていた御殿とは同じ敷地内。生活サイクル自体はそこまで変わっていない。単にこちらの方が落ち着く、というだけの話だ。

「あれっ、真宵さまの分のごはんは？」

「あんまりお腹空いてないから、今日はおかずだけでいいかなって」

焼き魚をのせた皿を運びながら答えれば、クゥーンと悲しそうな声が返ってきた。

振り返って、思わずくすりと笑ってしまいそうになる。

置きっぱなしだった真宵の茶碗《ちゃわん》を片手に、ひどく不満を滲《にじ》ませた表情。丸い眉を八の字にしてしょげかえる顔は、〝なんでどうして〟と切実に訴えかけてきていた。

いつもは背中のうしろでしゃんとしているふさふさの尻尾も、今は床を撫でる勢いで下がってしまっている。これは明らかに凹《へこ》んでいるときの反応だ。

（ほんと、わかりやすいんだから）

つくづく自分に耳と尻尾が生えていなくてよかった、と思う。

いくら可愛くても、こうも感情がだだ漏れになってしまうのは困るので。

でも見ている分には可愛い、とついつい相好《そうごう》を崩しながら、囲炉裏《いろり》の前の座布団へと端座する。折った膝をぽんぽんと叩《たた》き、真宵は首だけ振り返って彼を呼んだ。

「白火、おいで」

「うぅ……クゥーン」

ぼふんと空気が抜けるような音を立てて、白火は人の姿から子狐の姿に変化した。持っていた茶碗は、器用に両耳を避けて頭の上にのせている。そのままトコトコと歩いてきたので、ひとまず茶碗を受け取って囲炉裏の炉縁に置いた。

幼い子どもが甘えるように、白火は臆面《おくめん》もなく真宵の膝へよじ登ってくる。

(ふふ、可愛い。もふもふ)

毛並みのよい背中を撫でてやると、嬉《うれ》しいのか尾がゆらゆらと揺れた。

そうしていると、まるで自分の子どもをあやしている気分にもなってくる。

……が、齢《よわい》十九の真宵に、この歳の子どもがいるはずもない。

この子狐は、真宵の――正確には真宵の育て親、天利が生み出した神使《しんし》だ。天利からの命で真宵に仕えているため、実質、真宵の従者と言っていい。

「ごめんね、白火。心配しなくても大丈夫だから」

「でも、でも、前に天利さまが、人の子はごはんを食べないとすぐに体を壊すと……」

「あはは、大袈裟《おおげさ》。少し量が少なくなってるだけで、ちゃんと食べてるでしょ?」

向かい側に座っていた冴霧が、真宵の言葉に一瞬だけ硬直したように見えた。

しかし、すぐにいつもの調子で、いかにも胡散《うさん》臭そうな目を向けてくる。

「なあ。そいつ、本当に神使か?」

「御覧の通り神使です」

「とかいって、実は天利の隠し子だったりしてな」

「隠し子もなにも、この子は正真正銘かか様から生まれた子ですよ」

「うぬぅぅぅ！　ぼくはっ！　こう見えてもっ！　一人前の神使なのですっ‼」

シャーッ！と全身の毛を逆立てて威嚇《いかく》する子狐を、はいはいとなだめる。

ちらりと冴霧へ視線を向けると、とくに興味もなさそうに茶を啜《すす》っていた。自分から話を振ってきたくせにとんだ自由人だ。人じゃないけど。

──そう、この美丈夫すぎる男、冴霧。

彼は、八百万の神々が住まう天上の国──この高天原において、それなりに名の知れた天つ神のひとり。天地を縦横無尽《じゅうおうむじん》に駆け巡り、事象の〝流れ〟を司る龍神。

それが、ときに龍王と称されることもある冴霧の正体だ。

今は人の姿に変化しているものの、本来の姿は月の光を模したような白銀の鱗《うろこ》を纏う玲瓏《れいろう》な白龍だったりする。

外見だけならば、真宵よりも少し上の二十代なかばあたりだろうか。

細身ながら和装を雅に着こなす均整の取れた体躯《たいく》で、背丈は真宵より頭ひとつ分以上高い。

憂いのある鳳眼《ほうがん》の奥に潜む瞳は、どこか蠱惑的《こわくてき》な雰囲気を纏う深碧《しんぺき》。

光を弾く白銀の髪は毛先にやや癖《くせ》があり、絹の糸も凌《しの》ぐ柔らかさで美麗な顔をより引き立たせる。

神秘のなかに妖艶《ようえん》さも兼ね備えた怜悧《れいり》な美しさは、まさに神たる風格であった。

だが、そんな冴霧の容姿のなかでひとつ、真宵が好ましく思わない部分がある。

それは首のうしろから細く腰のあたりまで伸びている、三つ編みの部分。

いや、三つ編みが嫌だとか、そういうわけではないのだけれど。

ただ、美しい白銀が編み込まれたその各所に、ところどころ夜闇の深淵を思わせる漆黒《しっこく》が混ざり込んでいるのだ。これがどうにも受け入れられない。

せっかく綺麗な白銀なのに、その忍び込んだ闇は少しずつ増殖している。

今では、全体の三分の一程度にまで黒に染まっている状態であった。

相対する色が共存する様は、まるで冴霧の心を如実《にょじつ》に表しているようで。

(なんだか、また増えてる気がするし……)

まあ、真宵がいくら気にしたところで、彼自身は意にも介していないのだが。

「ところで、冴霧様。——いい加減にしてくれません?」

そんな神である彼がこうも足繁く真宵のもとへ通うのには、一応理由がある。

「いつまで経っても俺の求婚を受けない真宵が悪いんだろ。そろそろ泣くぞ」

「えっ、それはぜひとも見てみたいと言いますか」

「鬼畜だな。誰が泣くか」

――そう、この男、冴霧。

いったいなんの間違いか、真宵の許嫁という立ち位置にあるわけだが。

(そもそも許嫁だって、かか様が勝手に決めただけだし。私は了承してないもの)

両者には決定的な温度差があった。

否定的な真宵とは裏腹に、冴霧はどうにか真宵に婚姻を認めさせたいらしく、日々あの手この手を使って翻弄《ほんろう》してくる。朝から無遠慮に人の家に押しかけてくるに飽き足らず、寝起きから忌憚《きたん》なく求婚してくるのも、一度や二度の話ではないのだ。

とりわけここ数ヶ月は頻度が増えている。しかも会うたびにその熱烈さが増している気がして、真宵は毎度強気にあしらいながらも、内心とても焦っていた。

なにせ真宵の気持ちは、冴霧にある。

艶《つや》やかな甘い声で口説かれれば、うっかりうなずいてしまいかねない。

(……でも、私は絶対に、冴霧様とは結婚しないんだから)

――真宵と冴霧を隔てる、見えない壁がなくならない限りは。

「冗談抜きで、どうしてそうも頑《かたく》なに拒む？」

「ご自分の胸に聞いてみてはいかがですか」

「切実に心当たりがない」

「っ、とにかく！　何度来ても同じです。冴霧様との結婚はお断りします」

冴霧はひょいと肩を竦《すく》めると、わずかに片眉を上げて薄く微笑んだ。

「強情だな、相変わらず。そんなところも愛らしいが」

（っ……またそういう歯の浮くようなことを、平気な顔で言う！）

この男は、ずるい。

そうして乙女心を弄《もてあそ》ぶ。史上最高に悪い神様だ。

（毎回毎回、同じように振り回されている私もたいがいなんだけど……）

冴霧は、まるで呼吸をするようにするすると口説き文句を吐く。

だが、実際のところ、真宵に対してそれほどの恋愛感情があるのかと言われれば、おそらく〝否〟なのだ。

なにせ真宵は、冴霧から一度も好きだと言われたことがない。

愛らしい、可愛い、結婚しよう、花嫁になれ――そんな甘美な言葉こそ数万回は聞いた気がするが、肝心なその〝想い〟の部分を向けてくれたことはないのである。

百歩譲って、そういった告白がなかったとしても、本当にお互いが契りを交わせるくらい――生涯を共にすることができるくらいの関係ならば別なのだが。

「……しませんよ。冴霧様と結婚なんて」

真宵と冴霧の間にそびえる壁は、そう容易く瓦解《がかい》するものではない。

なにしろこの壁は、冴霧が作ったものだから。

こちらにはずかずかと土足で踏み込んでくるくせに、当の自分はいっさい心の内を曝《さら》け出してはくれないのだ。だから、真宵は冴霧を受け入れられない。

むしろ、どうして受け入れられると思うのか。夫となる者のことをなにも知らないまま契ったとして、結局、いつまでも一方通行なのに。

（手に負えない頑固者って思われてても、子どもがつまらない意地を張ってるって呆《あき》れられても、私にとってはなにより大事なことだもの）

そうして生まれたひずみが、思いのほか深く真宵の恋心を蝕んでいるとしても。

好きだからこそ。

本当に好きだからこそ、こんな宙ぶらりんな状態で先に進むのは恐ろしいのだ。

「とにかく、今後は本当に控えていただきたいです。困るので」

「んん。まあ……困った真宵も、それはそれで」

「私の冴霧様に対する好感度は下がる一方ですけど、そこはよろしいのですか？」

すげなく返すと、冴霧は子どものように唇を尖《とが》らせた。

このいかにもな演技を、いかにもな表情で、いかにもな言葉と共に転がすのは、冴霧にとってはじゃれ合いのうちというか、よもや遊びの一環なのだろう。

（現にすごく楽しそうだし。目が爛々《らんらん》としてるというか）

じくじくと痛むこめかみを押さえて、真宵は深く嘆息した。

「ほんと、冴霧様も飽きないですね」

「飽きるもなにも、俺はおまえが結婚してくれるまで続けるつもりだぞ」

「それ一生ってことですか？　もしや嫌がらせです？」

実際、困るのだ。

どんな顔でも絵になってしまう超越した美形に、こういう故意的なあざとさを向けられると——不覚にもときめいてしまいそうになるから。

「とはいってもな。真面目な話、天利が眠りに入った以上はおまえに選択肢なんてないだろうよ」

「そうは思いません。流れゆくままというのも存外悪くないものですよ、きっと」

冴霧の顔から、ふっと幕を下ろしたように表情がかき消える。

ほら出た、と真宵はぴくりとも反応を見せないまま胸の内で毒づいた。

先ほどまで軽妙に口説いてきていたくせに、一瞬でこの変わりよう。

これだから、この男は信用ならないのだ。

「へえ。じゃあなに、おまえはさ」

「ところで冴霧様。申し訳ありませんが、今日は用事があるんです。早く食べてくださらないと、お椀《わん》ごと叩き出しますけどよろしいですか？」

「こら聞け。はぐらかすな。ちゃんと答えろ、真宵」

わざわざ遮ったのに、冴霧は一瞬にして真宵の背後へ回り込んでいた。

耳元で囁《ささや》かれる妖しくも甘美な声。

肩の上にコツンと顎が置かれた。無駄な肉はいっさいついていないのに、その輪郭《りんかく》は絶妙な緩急を描いている。もういっそ憎らしい。

首筋に触れる白銀の毛先も、一段と低くなった脅すような口ぶりも。自身が持ち得るすべての武器を駆り出して人の子を弄んでくる神など、いったい誰が崇《あが》めようか。

「なあ」

こういうところが嫌なのに、と真宵は心底思う。

「——おまえ、死にたいのか」

重苦しい沈黙が下りる。呼吸すらためらう空気感が一瞬のうちに空間を支配して、白火の全身の毛がぶわりと逆立った。

膝上で両耳を抱えて震える従者を優しく撫でなだめながら、真宵は目を伏せ、口元にかすかな笑みを浮かべる。その表情には、おそらくなんの感情もない。

「さあ、どうでしょうね」

「……真宵」

「別に、そういうわけじゃないですよ」

厄介だ。本当に、どうして自分は人の子なのか。そうでなければ、こんなふうに振り回されることもなかっただろうに。

考えたところでどうしようもないことを逡巡《しゅんじゅん》しながら、真宵はそっと指先で冴霧の額に触れた。ぴくりと、ほんのわずかに冴霧の眉間が動く。

ひんやりと冷たく、まるで陶器の表面を触っているかのような感触。

神とはなぜ、こうもみな冷たいのだろうか。

「──冴霧様。どうか私のことは気にしないでください」

「…………」

「同情なんていりません。優しさも、慈悲も、私には必要ないものです。もう十分、与えられてきましたから。はなから、その先を望んでなんていないんです」

チッ、と冴霧が舌打ちする音が容赦なく耳朶《じだ》を貫く。

「そうかよ。だとしても俺はおまえを娶《めと》るけどな」

すっくと立ち上がった冴霧は、興を削がれたように前髪をかき上げながら足早に部屋を出ていく。引き留めはせず、真宵は白火に視線を遣った。

「白火、お送りして」

「……よいのです？」

「うん。あ、玄関にお漬物置いといたから渡してね。昨日できたばかりのやつ」

人の姿に変化した白火は、まだまろ眉をしょぼんと八の字に下げていた。

「大丈夫だから。ほら、早くしないと行っちゃうよ」

「……はい」

かろうじて聞こえるだけの返事をして、白火がとたとたと駆けていく。

その背中を見送りながら、真宵は天を仰いだ。

(ああもう……どうしてこうなるかな。可愛げもない)

じくり、と胸の奥が嫌な痛みを持った。

少しずつ毒に蝕まれてたしかな形を失った答えは、もう後がない真宵の選択をこうしてひどく揺らめかせる。あまりにも、無慈悲に。

(──ねえ、かか様。本当に、どうしてあの方を許嫁にしたの)

返答のない問いを心のなかで投げかけて、真宵は胸のあたりを服の上からくしゃりと握り潰した。

◇

──神々は人がつけた神としての名と、個体としての名のふたつを持つ。

真宵の育て親にあたる天利の神名は、天照大神。

八百万の神々が住まうこの高天原において、もっともその名を知らしめている者。人々からの深い信仰を携え、神々の頂点に君臨する彼女は、名実共に彼らを統べる最高神である。

そんな彼女が眠りについてから、もう半年になるだろうか。

真宵の離れをあとにした冴霧は、そのまま本邸の天照御殿へと足を延ばしていた。

「おはようございます。冴霧様」

「ああ」

出迎えてくれた神使は、形容こそ白火と似ているものの、表情の変化に乏しい。口調もどこか業務的だ。もう慣れたものだが、毎度のことながらこの違いには面食らう。

彼らは、天照大神が留守の間、本邸を管理する役目を命じられている者たちだ。

対して白火は、真宵が寂しくないようにと作られた高位な神使である。その核こそ天利の神力で形成されているが、一個体として名を持ち、心が確立している。命じたことを淡々とこなす神使――という名の式神《しきがみ》とは、根本的に在り方が異なった。

「本日はどのようなご用件でしょうか」

「仕事の確認と定期報告だ。他の役員どもは抜かりなく働いているか」

「問題ありません。主様の穴を埋めるために、馬車馬のごとく働いていらっしゃいますよ。冴霧様には及びませんが」

「ふん。俺の〝仕事〟は？」

いっさいの表情を浮かべないまま、冴霧は淡々と尋ねる。

そこに先ほどまで真宵の前で見せていた穏やかさはどこにもなく、相手が神使でなければ相対しただけで凍りつくほど冷然としていた。

だがこれが、飾らない冴霧の——神としての顔であった。

「冴霧様に直接手を下していただくものは、今のところ報告はありません。……ただ、少しきな臭い話は流れてきておりますね」

「なんだ」

「先日から鉱麗珠《こうれいじゅ》の流通経路に異常がありましたでしょう。この件について他の役員の方へ調査を依頼していたのですが、どうも横に流れているようでして」

ぴくりと冴霧の端正な眉がひそめられる。

「統隠局《とういんきょく》に確認したところ、この件はこちらに一任すると返答がありました。とはいっても〝妙なきな臭さ〟以外に目立った動きはないので、追加調査は冴霧様の判断にお任せいたします。どうなされますか」

鉱麗珠は特殊な力を宿した稀少な鉱石だ。それゆえ入手回路は限られており、裏取引でも非常に高値で取引されている代物である。

現状、なにも事が起きていないのなら、様子を見ても問題はないだろうが——。

（……こういう引っかかりは、基本的にろくなことがない）

神使とはいえ、もとを辿れば天照大神。そこに天利の意思が介入しているわけではないが、彼女の意志を受け継いでいることはたしかだ。わざわざ強調して〝きな臭い〟と言ってくるあたり、天利ならば調査を命じている案件なのだろう。

過去の経験則からしても、彼らの指示は基本的に聞いておくが吉であった。

「間がいいことに、かくりよへ降りる予定もあるしな。不本意だが、少し早めに降りることにしよう。なにか掴《つか》み次第、報告する」

「承知しました。ではそのように」

うなずいた神使はあくまで端的で、冴霧はかすかに苦笑した。

すれ違いざまに神使の頭をくしゃりと撫でて、そのまま御殿の奥へと足を向ける。

背後から一定の距離を空けてついてくる神使に、前を向いたまま尋ねた。

「……ところで。おまえから見て、最近の真宵はどうだ」

「どう、と申されますと」

「よもやあいつの異常に気づいてないわけではないだろ。明らかに霊力が減っているし、顔色も悪い。それに、また痩せたな」

真宵の様子を思い出し、冴霧の顔は自然と険しくなっていく。

彼女はもとから体が強いわけではない。人の子としての定められた運命を捻じ曲げ、神力によって無理やり魂《たましい》を繋《つな》ぎとめている状態では無理もないことだ。

否、その神力を分け与えていた天照大神の加護は今や失われている。かろうじて高天原に満ちる自然の神力で補っているが、それも時間の問題だろう。

不調が出るのも当然。だとしても、彼女の強い霊力による助長効果を踏まえれば、あと一年半程度は持つはずだったのに。

（……いったいなにが起きてる。どこで計算が狂った）

着実に、真宵に残された時間は減っていた。

このまま悪化の一途を辿れば、そう遠くないうちに限界が訪れる。最悪の事態になる前に、強引にでも真宵と契りを交わさなければ――。

「真宵様に関してでしたら、私どもの口からはなにも言えません」

「口止めでもされたか」

「いいえ。ですが、真宵様のそば付き――白火が明かさないことは我々も明かせないのです。私を含め、ここにいる神使はみな、核の部分が繋がっておりますから」

冴霧は思わず足を止めて振り返った。

「……おまえら、あいつと繋がってるのか？」

「はい。ただし、一方的に」

（……なるほど、そういうことかよ）

事情を悟り、冴霧はなんともげんなりしながら、ふたたび前を向いて歩を進める。

つまるところ、白火は監視役なのだろう。常にそばに置いている白火を通して、真宵を見守っているのだ。なにかあればすぐに気がつけるように。

天利もたいがい過保護な母親だ。まったく、なんと抜かりないことか。

そうならばそうと、冴霧にくらい教えておけばよいものを。

「冴霧様。ひとつお尋ねしても？」

「なんだ」

「あなたは、真宵様のことを好いておられるのですか」

今度は足を止めなかった。振り返ることもせず、冴霧は鼻で笑い飛ばす。

「藪《やぶ》から棒に妙なことを。そんなもの、答えるまでもないだろうが」

赤子だった頃から真宵を知っているのだ。この十九年、彼女の成長を見守ってきた身としては、神々が知ることのない父や兄に値するような感情を抱いてもいる。

——されども。

「なあ、真宵はたいそう美しい娘に育ったと思わないか」

「はあ……そうですね」

真夜中の儚さを忍ばせた睫毛《まつげ》が瞳に影を作るたび、冴霧は真宵を抱きしめたくなる。触れていないと今にも消えてしまうのではないかと、不安をかき立てられる。

どんなに過酷な状況に置かれようが笑顔を絶やさずに――大丈夫だと、なんでもないことのように笑って強《したた》かにいようとする健気《けなげ》な姿は、いっそ胸が痛くなるほど。

冴霧は、真宵ほど清らかで澄んだ人の子を見たことがない。

この神々の国で、ああも影響を受けずに育った彼女が、どうしようもなく。

――そう、どうしようもなく。

「初めてこの腕に赤子を抱いたときは、まさかこんな未来が来るなんて想像もしていなかったがな。今の俺には、真宵のすべてが愛しく映るんだ」

「惚気《のろけ》ですか。なるほど、つまり好いてはいるのですね」

冴霧はゆっくりと立ち止まり、欄干越しに外へと視線を流した。

天利が眠る前は多くの神々が面会に立ち寄っていたここも、今では天神会役員の出入りがほぼすべて。その役員もみな、それぞれの仕事があるゆえに出払っている。

あくせくと働く神使たちは見かけても、やはりどこか閑散としていた。

一方で、風光明媚《ふうこうめいび》な中庭や、移ろいゆく季節や、時間の流れは変わらない。

「おまえたちも、たまにはこうして外の景色を眺めてみろ。それだけでも、今の質問がどんなにバカバカしいものかわかるはずだぞ」

「……はあ。それが必要なことでしたらいたしますが」

「必要か否かは自分で考えることだがな」

彼らは神使だ。命じられたことを忠実にこなす存在とはいえ、思考する力はある。

少なくとも、冴霧が真宵を好いているかどうかを気にするくらいには、物事に対して意識と関心はあるのだろう。そこに感情が不随しているか否かが、白火との明確な違いといったところか。

しかし、なんとまあ、わかりやすい。神使がわざわざ仕事に無関係で無意味な質問をしてくるとは、彼らを創り出した天照大神はよほど娘が心配だったと見える。

（その懸念は見事に的中しているようだぞ、天利）

変わるものと、変わらぬもの。ひとつの景色のなかに混在する、その矛盾。

冴霧は──神は、変化に慣れている。途方もなく長い時を生きるから。

だが、人の子にとってはつらいものらしかった。ゆえに、真宵が離れに住処を移したいと言ってきたとき、冴霧は反対せず好きなようにさせたのだ。

そうすることで、わずかでも心が救われるのならと。

（……にしても、好いている、か。えらく生ぬるい響きだな）

天利が──天照大神が、八百万の神々を統べ、導き、守る者ならば。

冴霧は──龍神は、八百万の神々を統べ、導き、消す者だ。

この高天原でもっとも忌避《きひ》されている存在と言っても過言ではない。

近づくだけで畏怖《いふ》を向けられる冴霧は、常に神々からは孤立している。ゆえに、真宵のように怖《お》じ気《け》づくことなく接してくる相手などいなかった。
だから冴霧は、あのときの衝撃を忘れられない。
『さぎりさまは、とってもきれいです』
在りし日、幼い彼女になんの曇りもない瞳でそう言われたときのことを。
（——……俺にとっての真宵は、言葉ではとても表せない存在だよ）
人の子だからなんだ。清めの巫女だからなんだ。
そんなもの冴霧の前では瑣末《さまつ》なことでしかなく、なんの意味も持たない。
真宵を形成するものがどれだけ歪《いびつ》だとしても関係ないのだ。
彼女は冴霧の唯一無二。この世でたったひとりの〝特別〟なのだから。

◇

『ああ、真宵。ワタシが眠ったら、冴霧と結婚するんだよ』
天利から唐突にそう告げられたのは、今から二年前のことだ。
朝餉《あさげ》の最中、〝ちょっとそこの醤油《しょうゆ》取って〟と言わんばかりの軽い調子だった。
思わず手に持っていた椀を転げ落とした真宵に、彼女はこうも続けた。
『さもなくば、おまえは死ぬからね』

突然の死亡宣告に戸惑わなかったわけがない。ひっくり返った椀から味噌汁《みそしる》がこぼれていることも、それが盛大に着物を濡らしていることも気づかないほど動揺した。

すでに冷めたあとでよかったと安堵《あんど》したのは後々。

そのときはただただ頭が真っ白になって、固まるしかなかった。

けれどその実、真宵が真っ先に気にしたのは、冴霧との結婚でも、自身の〝死〟でもなく――。

『かか様、眠るの?』

『まあね。あと一年半くらいしたら』

思い出すだけでも、自然と口からため息がこぼれ落ちる。

――自身の死。義母の休眠。

結果的にはどちらも別れを伴う。安易に天秤《てんびん》にかけられるものでもない。

それは重々、理解しているつもりだけれども。

「……本当に眠ってしまうんだから、かか様はひどい方よね」

天照御殿の最奥部。

目も眩《くら》むような黄金で縁取られた重厚な扉を前に、ぽつりとつぶやく。

真宵の肩には、子狐の姿に変じた白火がぶら下がっている。意外とぷっくりした体型のわりに、不思議と重さは感じられない。それも神使ゆえなのだろう。

真宵は自分の体重をのせて、力いっぱい華美な扉を押し開けた。

その先に広がるのは部屋ではなく、御殿の裏手だ。

「毎週来てるけど、相変わらず暗いね。ここ」

この扉は、岩壁に深く掘られた洞窟に直接繋がっている。

もっとも、洞穴は中腹部あたりで強力な封印が施された大岩に塞《ふさ》がれているため、それ以上奥には進めない。目的地は、その手前だ。

「ぼく、照らしますね。真宵さま」

そう言って人の子の姿に変化した白火は、手のひらにポッと青白い狐火を出した。

外の光がいっさい届かない洞窟。

一寸先すら見通せないほど暗闇に包まれていた空間が、狐火の灯りに淡く照らされ、ぼんやりと全容を浮かび上がらせる。ゆらゆらと炎が揺れるたびに岩肌の凹凸《おうとつ》にできた幻影が動くせいか、まるで洞窟全体が生きているかのようだ。

「いつもありがとうね、白火」

扉を開けるために一度床に置いていた盆を持ち、真宵は先へ進む。

ひんやりとした洞窟内。足袋裏に感じる剥《む》き出しの地面。ぞくりとするほどの静寂が蔓延《はびこ》るその場所に、真宵の足音だけがひたひたと反響する。

（やっぱりここに来ると落ち着く……）

この洞穴には穢れがない。流れる気は清涼で、真宵によく馴染んだ。

大岩まで辿り着くと、真宵はふたたび盆を地面に置いて身なりを整えた。

真っ白な白衣から覗く、椿《つばき》の花のような深紅色の掛衿《かけえり》。下は同じ色の緋袴《ひばかま》。上には淡い紫色の藤の花が描かれた、千早《ちはや》と呼ばれる羽織を着用している。

細部に装飾が施されているけれど、これはちまたで巫女装束と呼ばれるもの。

真宵は週に一度、〝清めの儀式〟をする際、必ずこの格好をする。

「よし、始めようか」

――天岩戸《あまのいわと》。それがこの大岩の名だ。

かの昔、最高神と崇め奉られる天照大神が、弟神である須佐之男《すさのお》の暴走に心を痛めて閉じこもった――と、地上では言い伝えられている場所なのだそう。

「叩き起こして差し上げるわ、かか様」

盆の上から、刃に梵字《ぼんじ》が刻まれた銀色の鋏《はさみ》を手に取る。

そしてなんの躊躇《ちゅうちょ》もなく、自らの髪をひと房三十センチほど切り落とした。

太腿《ふともも》あたりまで伸びた髪が一部だけ腰ほどの長さになる。もとより儀式に必要になるから伸ばしているだけ。多少髪の形は歪になるが致し方ない。

真宵が普段から髪を結うことを欠かさないのは、ひとえにこの歪さをごまかすためなのだ。結ってしまえば、短い部分もそれほど目立たないから。

（私の髪もずいぶん伸びたな……）

――髪は人の体の部位で、もっとも霊力が溜まりやすいモノとされている。

伸ばせば伸ばすほど、つまり術者の体の一部である期間が長いほど、溜まる霊力量が多くなる。ゆえに真宵にとっては、自身の髪も清めの道具と変わらない。

「さて、と」

切り落とした髪を手早く組紐《くみひも》で結び、天岩戸の前に置く。

今日行うのは、儀式は儀式でも、本式ではなく略式。本式ほどの浄化力はなく、こちらはあくまでこの髪――〝捧げもの〟分しか清められない。しかし儀式に必要な霊力は大幅に抑えられるという利点もある。

よってこの略式の儀式に限っては、自ら霊力を込めて編んだ組紐で髪を結ぶことがなにより重要だ。こうすることで、霊力がこもった髪が散ることなくまとめられる。

いわゆる、神への供物――〝捧げもの〟の代わりとなる。

「白火、これ大丈夫そう？」

「大丈夫です。ちゃんと〝捧げもの〟になってますよ」

そして神使である彼には、供物の状態が判別可能らしい。

「ありがとうね。今日はわりと調子よさそうだし、さくっとやっちゃおう」

意識して気を引きしめながら、真宵は地面に片膝をついて身を屈《かが》めた。

そうして濡れた髪にふーっと息を吹きかければ、組紐が淡い光を纏い始める。組み上げられていた紐と紐が、独りでに解けていく。そのまま徐々に細く伸びた青白い光が髪全体を包み込んだのを確認して、真宵は一歩、うしろへ下がった。

ちなみに、清めるのは〝この場〟ではない。神々に知られたらなんの冗談かと鼻で笑われそうだが、対象は大岩の向こうで眠っている〝天照大神〟だ。

「白火、離れてて」

盆から鈴輪をふたつ取り上げながら、真宵は背後に声をかける。

「うぅ……どうしても、どーーーしても、やるんですか？」

「うん」

白火がまたしょげかえった。

どうやら彼は真宵がこの儀式をするたびに精神が擦り削られるらしく、ぎりぎりまで止めようとしてくる。もっとも、これに関しては真宵もやめるつもりはない。

(今の私にできるのは、このくらいしかないもの)

鈴輪を腕に通す際、洗練された鈴の音がシャランと洞窟に反響した。

清め鈴の発する音色には、それだけで穢れを祓う効果がある。

浄化を助長してくれる優れものなので、巫女服や鋏同様、儀式の必需品だ。

「始めるよ」

ひとつ深呼吸して気持ちを落ち着かせ、真宵はその場でゆっくりと舞い始める。

『ひふみ　よいむなや　こともちろらね――』

舞いながら唱えるのは、ひふみ祝詞《のりと》。

古くから言い伝えられてきた、転換の神歌だ。

転換――つまり〝厄〟を〝幸〟へ転じる言霊の力が宿る歌。清めの効果と共に、言霊に想いを宿して相手に伝えることができると言われている。

『しきる　ゆゐつわぬ　そをたはくめか――』

頭では、こんなことをしても無意味だと理解していた。けれど他に方法もないので、藁《わら》にもすがる思いで唱えているに過ぎない。

シャン、シャン、と洞窟中に反響する清らかな鈴の音。

あたりには〝捧げもの〟から生み出された霊力の波が満ち満ちている。

その波に乗せるように――歌い、舞い、祈る。

気持ちを込めて。届け、と強く願いながら。

内に宿る霊力をここまで操れるようになったのは、他でもない天利のおかげだ。

真宵は幼い頃から己の霊力を操れるよう仕込まれてきた。いずれ自分を守る盾になるからと、いっさいの手加減抜きにしごかれた。それはもうたんまりと。

地上では陰陽師《おんみょうじ》と呼ばれる者たちが身につけるような術をはじめ、現在の世では真宵しかできないらしい、この清めの儀式まで。主に〝浄化〟をもとにしたものばかりだが、おかげで真宵はある程度ならば身に宿る霊力をコントロールすることができるようになった。

『——うおえ　にさりへて　のますあせゑほれけ』

やがて、歌と舞が終わる。

その瞬間、〝捧げもの〟はパッと光となって弾けた。それはまるで驚いた蛍《ほたる》が散るように少しずつ消えていき、最後にはひとつ残らずなくなって——。

ふたたび洞窟内が狐火だけになったとき、反動で全身の力が抜けた真宵は、耐えきれずその場に膝から崩れ落ちた。

「真宵さまっ！」

白火が悲鳴に近い声をあげて、慌てたように駆け寄ってくる。

「ご、ごめん。大丈夫だよ」

「でも、でも、やっぱりこんなのだめです……っ！　このままじゃ、真宵さまのお体の方が先に限界を迎えてしまいますよぉっ！」

今にもこぼれ落ちそうなほどの涙を溜め、白火がいやいやとかぶりを振る。

口調こそしっかりしているが、実のところ白火は、神使として生み出されてまだ六年弱しか経っていない。つまり中身も見た目通りの子どもなのだ。

「泣かないで、白火」

真宵とて、決して泣かせたいわけではないのだけれど。

生みの親が眠りについてしまった今、主である真宵が消えれば、彼はこの広い御殿でひとりぼっち。天利が目覚める千年後まで途方に暮れるしかなくなってしまう。

命を削る行為に自ら飛び込んでいく主を、とても見てはいられないのだろう。

「無理ですっ！　だって、こんなことしても、天利さまは……」

「わからないよ？　さすがに千年分の眠りを私の生涯で賄《まかな》えるとは思ってないけど、それでも少しくらい穢れを祓うお手伝いはできてるはずだし」

「だとしてもっ！　真宵さまは、天利さまに、会えないじゃないですかあ……っ」

（うん。まあ、それはそうなのだけど）

──そもそも、神が眠りにつくのは決してイレギュラーなことではない。

神は生まれながらに、人々の信仰に応えるというお役目を与えられている。

神格の優劣にかかわらず、神である限りは永遠無窮に願いを聞き届け、信仰に基づく加護を返さねばならない。義務、といってもいい。

そしてその過程において伴う代償に、この眠りは必須となる。

「……私ね。今だから言うけれど、昔かか様から神様のことを聞いたとき、いつかこういう日が来るかもって心のどこかで思ってたの」

「え？」

「かか様は必要最低限のことしか言わない方だから。わざわざ穢れの話をしてきたってことは、きっとなにかしら私に関係あることなんだろうなって」

神々は〝神命〟という、己の存在に準じた特殊な力を持っている。

例えば、商売繁盛を司る神なら対象の店を栄えさせる力。家内安全を司る神なら対象に向いた不運を相殺する力。そのように、神によりけりで力の在り方は千差万別異なるというが、それは往々にして人の願いを叶えるために必要となる力らしい。

だが、この神命は膨大な神力を消費するという致命的な欠点があった。

神力を行使するほど穢れを負ってしまう神々にとっては、諸刃の剣ともいえる。

願いは叶えた分だけ比例して信仰は強くなるけれど、神命の酷使で神力が尽きでもすれば存在が保てなくなり消滅してしまう。そうなれば元も子もない。

そしてそれは、穢れを負い過ぎた場合にも言えることで。

「まさか、かか様ほどの大神様が、穢れを溜め込みすぎたから眠りにつく――なんて想像もしてなかったけど。でも、そういうことかって納得もしちゃった」

「天利さまは、ご自分がそうなるとわかっていた、と……？」

「うん。はなから眠りにつく前提だったんじゃないかな」

穢れは深まれば深まるほど、神力を喰《く》い荒らす。蝕んでいく。よって、その身が穢れた分、神力は比例して弱まり、神としての存在が霞《かす》んでいく。

神命を行使し過ぎたわけではなくとも、そうなれば結果的には同じことだ。

「そりゃあ天照大神様ほど有名なら、たとえ長い眠りについても信仰は途絶えないと思う。だけど、かか様が眠ることで困る方ってたくさんいるでしょう？」

休眠の間隔は神によりけりだが、神格の高い大神は数千年に一度。

──眠る期間は、千年にも及ぶという。

無論、神である限り、この穢れからは逃れられない。それは真宵も理解している。

願いを聞き届けて失った神力を蓄えるため、そしてなにより穢れを祓うため、定期的に清められた場所で眠りにつく──。そういう一種の文化も、納得はできる。

（……でも私は、今回のかか様の判断が正しいものだとは思えない）

せめて、言ってほしかった。教えてほしかった。

天利が膨大な穢れを負うこととなったのは、真宵へ加護を施していたからだと。

「私、これでも怒っててね。だって、かか様だけじゃない。冴霧様もそのことを知ってて黙認してたんだもの。なにも知らずにのうのうと過ごしてたのは、私だけ」

「ぼ、ぼくは知りませんでしたよ……？」

「うん、それはわかってる。だけど、白火も思わない？　勝手だなあって」

真宵に直接関係していることなのに、あまりにも部外者扱いだった。

だが、神々の事情だから、と言われてしまえばそれまでなのだ。結局この天上の国において人の子は特異な存在で、真宵自身に価値はない。

神々はいつだって、真宵を通り越して〝清めの巫女〟を見ているから。

（そんなにも清めの巫女は大事なものなの？　それほど負担がかかる加護を施してまで守らないといけないものだったの？　かか様……）

そもそも、清めの巫女の力を使う機会だって限られているのだ。

まず、神の穢れを完全に祓いきるには、略式ではなく本式でなければならない。だというのに、霊力消費の激しいそれを何度も行うのは不可能ときている。

しかもその行為を、天利は頑なに禁じていた。

ゆえに、これほど特別視されていても、真宵が〝清めの巫女〟として本領を発揮し責務を果たしたことは一度もない。こうなって初めて儀式に手をつけたくらいだ。

そんな状態で、いったいなにに価値を見出しているというのか。

「かか様も冴霧様もおかしいよね。私を失うより天照大神様がいなくなる方が、高天原にとっては絶対に痛手なはずなのに」

最高神の存在は伊達ではない。天利が眠れば、彼女が率いる天神会《てんじんかい》はもとより、高天原全体、ひいては下界にまで多大な影響を及ぼすのは目に見えていた。

いくら数千年現れなかった清めの巫女だとしても、何百年、何千年分の神力を消費するほどの加護を与え続けるなんて正気の沙汰《さた》とは思えない。

（天照大神様に聞き届けられなかった願いを思うと、余計にいたたまれないし）

……いや、真宵とて本当はわかっているのだ。

天利や冴霧が話さなかったのは、ひとえに真宵を気遣ってのことだと。

――真宵を傷つけないためだと。

だが同時に、このような真宵の考えが神々に通用しないこともわかっていた。

こういう思考の端々に、神様と人の子の決定的な違いが浮き彫りになる。

だからといって、犠牲を厭《いと》わない彼らの考えを理解したいとは思えないのだけれど。

（結局、私の本質は人の子ってことかな……。神様とは違う）

今にはじまったことではない。いつだって異質なのは真宵の方だ。それはここで育った経験から、嫌というほど思い知っている。

「でもね、白火。私、かか様に会えないってことはちゃんとわかってるよ」

他にできることはないから、やめることはできないが。

（申し訳なくてじっとしていられないから始めたことだったけど、たぶんこれって贖罪に近いものだよね。舞ってるときも、いつもごめんなさいって思ってるもの）

思いの向く先は――高天原ひいては天照大神を信仰する人の子、だろうか。

（まあ、冴霧様に知られたら絶対に怒られる……）

ただ、真宵はどうしたって思ってしまうのだ。

──清めの巫女として救われたのなら、相応の役目を果たしてから死にたいと。

「本当……私とかか様で契りを交わせば、済んだ話だったのに。わざわざ私に婚姻の道を残して自分はさっさと眠っちゃうんだから、困ったお義母様だこと」

「そう、ですね……。でも、魂の契りは生涯で一度しか行えませんし、天利さまは真宵さまに結婚してほしかったんじゃないですか？」

「……そうだとしても、許嫁を冴霧様にする必要はなかったと思うの」

清めの巫女と契った神は、魂を介して穢れを祓い続けられるという恩恵を得る。

ようするに、穢れによる迫害を気にせず力を振るうことが可能になり、休眠の必要もなくなるのだ。神々にとっては、喉から手が出るほど欲しいものだろう。

とりわけ眠っている間に存在が消えてしまうリスクが高い──力の弱い、信仰の薄い神ほど真宵を欲するのは、そういうことで。

されど言い方を変えれば、冴霧のような大神には必要がないものだ。

むしろ、ただでさえ多忙な大神から貴重な休暇期間を奪ってしまうことになる。

（清めの巫女との契りで冴霧様になにか利点があるとは思えないし……。ますますかか様の意図がわからない。これで単純に私の気持ちに気づいた上でのお節介だったら、とんでもなく迷惑な話だけど）

ちなみに神は性別の概念が薄いらしく、女神と契る場合も同様に〝婚姻〟という言葉を用いるらしい。行為自体は同じことだし、それは真宵も納得している。

だが、想いを寄せる冴霧相手だと、意識の仕方がだいぶ異なるから複雑だ。

（それとも冴霧様が許嫁になった理由こそ、私の知りたい〝なにか〟なのかな）

そこまで考えて、真宵はずきずきと痛む頭を振った。

どこまでも沈んでいきそうな思考をかき消し、強引に切り替える。

これは考えだしたらキリがないことだ。現時点で答えがないのだから。

（どちらにしても、私にはもう時間がない。そろそろ今後のこと考えなきゃ）

ようやく回復してきた体を叱咤《しった》して、真宵は立ち上がった。

努めて明るく白火に声をかける。

「さてと、帰って夕飯の支度しようか」

「っ……は、はい。そうですね」

不安げな白火の小さな手を取りつつ、変化のない天岩戸に背を向けた。

「あ、そうだ。今日は白火の好きなおいなりさんにする？」

「えっほんとですか、真宵さま！　やったあ！」

それでも今はこの小さな幸せに浸っていたい、と思う気持ちも嘘ではない。

はしゃぐ子狐に顔を綻ばせて、真宵はしばし現実から意識を手放した。

第弐幕　夜闇の静寂に惑いしモノ

「真宵さま、眠れないのです？」

褥で落ち着きなくもぞもぞと動いていると、腕のなかで毛玉のように丸まっていた白火が遠慮がちに声をかけてきた。

真宵は唸るように「うぅん」と曖昧《あいまい》な返事をする。子狐姿の白火をぎゅっと抱き寄せながら、少しの遠慮もなく柔らかいお腹に顔をうずめた。

温かい。これぞ天然湯たんぽだ。真夏は暑いけど。

「もふもふ……この絶妙なふわふわもちもち感が最高……」

そんな失礼なことを口走ると、白火が微妙な顔をした――ような気がした。丸々した毛玉の状態では、表情の変化がなかなかわかりづらい。

「大丈夫。白火がいればそのうち眠れるから」

「……なら、どうぞぼくでもふってください。存分に」

「うふふ」

夜に眠れないのは今に始まったことではない。もともと寝つきはよくない方だ。まあ、最近は変な夢を見ることが多いこともあり、なおのこと眠りが浅くなっているのは否定できないけれど。

「ねえ、白火。私がいなくなったら寂しい？」

びくりと白火が体を震わせる。

「やめてくださいってば、そういうの！」

「怒った。でも、白火だって覚悟はしててくれなきゃ」

抱きしめていた腕の力を緩めると同時、白火がぐっと言葉を詰まらせた。

「……嫌、なんです。考えたくないんです」

「うーん……」

「ぼくは天利さまに、生涯真宵さまの従者として心身共にお仕えするよう命じられたんです。そのために生まれたと言っても過言ではありません。主命すなわち存在意義ですから、真宵さまを失うのは、ぼくが消えるということと同義ですよ」

（とはいっても、ねえ……）

たしかに白火は、天利から生み出された瞬間、『おまえの主は真宵だよ』と命じられていた。そのときのことは、真宵も昨日のことのように覚えている。

あれは、真宵が高天原にやってきて、ちょうど十三年が経った日。誕生日と称したその日に、年頃を迎える真宵の世話役として贈られた子が白火だった。

物ではなく、従者というあたりが、なんとも天利らしい。

そこから六年、真宵と白火はどんなときも一緒だ。

ときに弟のようで、ときに子どものようで。だけども、やっぱり忠実なる従者で──今ではれっきとした家族の一員。

そんな白火だからこそ、真宵は心配だった。

「……あのね。白火のこと、セッちゃんたちに相談してみようと思うんだけど」

「は!?」

「うん、ごめん。絶対嫌がる気はしてた。でも、主としては今後のことも責任持って考えないといけないじゃない？　白火はそう言うけど、実際消えないし」

ぶわわわっ！と全身の毛をこれでもかと逆立たせた白火。

瞬く間に大粒の涙を溜め、真宵の腕から脱兎《だっと》の勢いで抜け出したかと思えば、部屋の隅で丸くなった。そして、一言。

「そんなこと言う真宵さまなんか、キライですっ!!」

(……あらら)

嫌われてしまった。もう何度聞いた台詞かわからないけど。

お饅頭みたい、なんてこの期に及んで失礼極まりないことを考えながら、真宵は苦笑する。これが世に言う、親の心子知らずというやつか。

こんな感じだからこそ心配になるのだけど、彼にはまだ伝わらないらしい。

明日機嫌が直っていることを願いながら、真宵はひとり布団を被り直す。

いくら神使とはいえ、内面は六歳の子狐だ。安泰した将来を考えれば、やはり信用できる相手に頼むしかないだろう。さすがに千年ひとりにはしておけない。

ただ、そうなると、必然的に冴霧とも会わなければならなくなってしまう。

この旨を伝えたら、彼はなんと言うだろう。またろくでもないとため息交じりに呆れられるか、もしかしたらそろそろ諦《あきら》めるかもしれない。

そう考えながら、真宵は目を瞑《つぶ》る。

誘われるように夢の世界へと沈んでいく最中、腕のなかにもふもふが潜り込んできたような気がした。

◇

『おいで……おいで……こちらにおいで……』

声が聞こえていた。

とても優しい、心の底から安心できる声。まるで羽毛に包まれているようななんとも言えぬ心地よさは、どこか天利の声にも似ていて、懐かしい気もした。

ずっと昔に、聞いたことがあるのかもしれない。されど、どこで聞いたのか、そもそも本当に知っている声なのか、不思議なほど記憶とは結びつかなかった。

ただその声はいつも真宵を呼んでいる。

おいで、おいで、こちらへおいで。

なぜかその声を聞いていると、早くそちらへ行かなければならないと思わせられる。

体の奥底に深く深く浸透するように——刻みつけられるように。

でも、どこに？

『おいで真宵……こっちだよ……』

その声は招くばかりで頑なに理由を言おうとしないのだ。

ただ『おいで』と意味深に繰り返すだけ。

そちらに行けば理由を教えてもらえるのか。どうして真宵を呼ぶのか。

そう問おうとしても、もどかしいことに声が出ない。

当然だ。だってここは……——夢のなかなのだから。


「——ま？　真宵さまっ！」

はっ、と彷徨《さまよ》っていた意識が急激に覚醒《かくせい》する。

まるで、水底から勢いよく引き上げられたような感覚。

状況を理解する間もなく平衡感覚が狂い、視界がぐらりと大きく揺れた。

なんとか倒れないようにこらえるが、その瞬間、とてつもない違和感に襲われる。

——倒れる？

「え……私、どうして」

真宵はなぜか玄関——正確には土間に立っていた。

今しがた扉を開けようとしていたのか、指先は木戸の取手に引っかかっている。

ひんやりとした土の感触が足裏を伝い、自分が裸足のままだと気づいた。

「真宵さま、どこに行くんですか。こんな朝早くに……そんな格好で」

無防備に素足を晒《さら》しているだけではなく、あろうことか真宵は寝着姿だった。

今の今まで眠っていたのだから当然なのだが、しかしこの状況は。

そもそも、今は何時なのだろう。

白火が人の姿に変じて、ぱたぱたと駆け寄ってきた。昨晩の〝キライ宣言〟などすっかり忘れたように、丸い蜂蜜《はちみつ》色の瞳には不安と心配が錯綜《さくそう》している。

いつもそうだ。どんなに怒っていても、どんなに泣いていても、一晩寝ると次の日にはケロッとしている子なのだ。新陳代謝がよい。

けれど、そんな白火の姿を見たら、なぜか全身から力が抜けた。

なんの前触れもなく崩れ落ちた真宵を、白火がぎょっとしながら支えてくれる。

「真宵さま!?」

「……白火……私、今、なにしてた？」

「え？」

「……私、いつ起きて……」

動悸《どうき》が、ひどい。

状況が理解できなくて——否、できているからこそ困惑していた。

脈打つような鈍痛を訴える頭。嫌にざわめく胸を押さえながら、どうにか落ち着こうと努めるものの……だめだ。わけがわからない。

なぜ眠っていたはずの自分が、こんな場所にいるのだろう。

「も、もしや具合が悪いのですか⁉ ぼ、ぼくお医者さまを呼んできますっ！」

狼狽《うろた》えた白火が顔面を蒼白にして玄関を飛び出していった、その直後。

「うぶぇっ！」

「うおっ、なんやぁ⁉」

鼓膜を揺らしたのは、蛙《かえる》が潰れたような白火の声と驚きに満ちた素《す》っ頓狂《とんきょう》な声。

（この、声は……）

真宵はゆらゆらと顔を上げた。

玄関の扉の先、前を見ずに突っ走った白火が顔面からぶつかった相手は、真宵を見るなり目を丸くして駆け寄ってきた。シャラン、と彼の腰についた鈴が鳴る。

「ほんまになんやねん。どないしたんお嬢」

「おや。そんなあられもない姿で玄関に座り込んで……なにがあったんです？」

そこに、もうひとつ声が聞こえた。

うしろからひょこりと顔を出した彼も、真宵のそばにしゃがみ込んで、そっと顔色を窺《うかが》うように覗き込んでくる。言い方はあれだが、その表情は心配そうだ。

このふたり——特殊なしゃべり方をする方が赤羅《せきら》、敬虔《けいけん》な口調の方が蒼爾《そうじ》。

真宵にとって兄同然の彼らは、こう見えて冴霧の従者である。

「コンちゃん、説明しぃや。どーゆーことやねん」

「ぼ、ぼくにもなにがなんだか……ただ真宵さまの様子がおかしくて……っ」

「ふむ。まあひとまず、お邪魔させていただきましょう。お嬢、失礼しますよ」

蒼爾に抱き上げられる。

十九にもなったというのに、このふたりにはいまだに幼い子どもだと思われている節があった。こういう扱いは慣れているが、受け入れている真宵もたいがいか。

しかし実際、冴霧と共に数え切れないほどの時間を生きている怪の彼らからすれば、真宵など赤子も同然なのだろう。

そう思うと、無理して大人ぶっても仕方ないな、と真宵は十五のときには悟った。

よってお嬢と呼ばれようが、幼子のように抱かれようが抵抗はしない。

むしろ蒼爾に頭を擦り寄せながら、どうにか心を落ち着かせようと努力する。

「なんやぁ、蒼ちゃんずるいやん。オレもお嬢にぎゅうされたい」

「役得ですね。主に見られたら殺されそうですが」

勝手知ったる様子で、蒼爾は居間まで真宵を運んでくれた。

鉄瓶がぶら下がる囲炉裏には、すでに火が灯っている。炉縁を囲む座布団の上にそっと下ろされたが、真宵はすかさず蒼爾の袖口を掴んで引き留めた。

「おやおや……」

「んぇえ、ちょ、ほんまずるいわ。お嬢こっち来ぃや。今度はオレが抱っこしたる」

今度は赤羅に抱き上げられる。

赤羅はひょいっと膝の上に真宵を座らせながら、自らも座布団に腰を下ろした。

ちなみに身長二メートル超の巨躯は、まったくその範囲に収まっていない。

ややくすんだ緋色の髪は自由奔放に跳ねており、頭には二本の黒い角。一見するとやんちゃそうな印象を抱くが、よく見れば目尻は下がり気味で、人懐こそうな甘い顔立ちだ。梔子《くちなし》色の瞳も相まって、角のインパクトは緩和されている。

赤羅は馬頭《めず》と呼ばれる鬼の怪だ。この聞き慣れない独特な口調は、地上の日ノ本《ひのもと》における関西《かんさい》と呼ばれるところで長らく暮らしていた影響らしい。

「しっかし、お嬢はいつまでもちっこいんやなぁ」

「セッちゃんたちに比べたら、みんな小さいよ……」

「そりゃオレら鬼やもん。なあ蒼ちゃん？」

水を向けられた蒼爾は、わざわざそばに座布団ごと移動し、恭《うやうや》しく正座する。

ようやく声を発した真宵にホッとしたのだろう。彼は涼しげな目元を細めて柔らかく微笑みながら「ええ」とうなずいた。

「鬼ってみんな大きいの？」

「そうですね、種族的には大きい傾向にあります。なかには三メートルを超す方もいらっしゃいますから、私たちはこれでも小さい方ですよ」

へえ、と真宵は上の空で相槌《あいづち》を打つ。

頭の両側に緩急を描く角を持つ蒼爾は、牛頭《ごず》という鬼の怪だ。色白によく似合う襟足まで伸びた縹《はなだ》色の髪。品がありながら、どこか色気を感じさせる顔立ち。痩身なのも相まって、全体的に流麗で如才ない印象がある。

瞳は彼らしい優しい鶯《うぐいす》色だが、なにぶん結膜が黒いので、外見の印象はやや怖めだろうか。口調のおかげでだいぶ薄れてはいるが、意外にも蒼爾は自身に白目がないことを気にしており、せめてもの抵抗で細い銀縁の眼鏡をかけていた。

「そう考えると、神様はあんまり種族的な傾向ってないよね。大きい方もいれば小さい方もいるし、そもそも人型じゃなかったりもするし」

「神々の姿は信仰イメージに寄りますからね。まあ主のようにどちらの姿も取れる神々もいますから、一概にどうとは言えませんが」

冴霧の姿を思い浮かべる。

つまり、あのとんでもなく神秘的な姿が信仰イメージなのか。なるほど、たしかに龍神様らしくはあるけれど。

(……中身は伴わないってことね)

義母の天利にしても、見た目で判断してはならないという言葉がぴったりなので、真宵はひとり納得した。彼女は外見こそ天女《てんにょ》であったが、中身はただの女番長だった。

「それでいったいなにが……あぁ、ありがとうございます。コン汰《た》くん」

「白火ですうっ！」

いまだにおろおろと落ち着かない様子で、しかしご丁寧にも来客へのお茶を用意していたらしい白火がトテテと盆を抱えて戻ってくる。

全身で憤慨しているが、ちっとも怖くない。

湯気の立つ湯飲みを受け取りながら、蒼爾が「ふふ」と笑みを深めてすっとぼけた。

「コンちゃん、できる子やなあ。えらいえらい」

「だから白火ですってばあ！　子ども扱いもやめてくださいっ！」

こんな小さい子をからかって楽しいのかと呆れた視線を投げれば、ふたりは同じ顔で満足げに笑っていた。その表情には優越感が滲んでいる。

(怪の本性が出てるよ、ふたりとも……)

基本的には優しい鬼たちなのだが、時折意地悪なところは玉にきずであった。

「ところで、さっき医者がなんやって叫んでたやろ。お嬢具合でも悪いん？」

「そ、それが、いつの間にか起きていた真宵さまがどこかへ行こうとしていたので、ぼく、慌てて呼び止めたんですが……うぅぅ～～……」

ちらりと白火が真宵を見て、あまつさえ目を潤ませる。

「裸足だし、夜着のままだし、何度呼びかけても反応がなくて——これはおかしいと思ったら、ようやくぼくに気づいてくれて……。でも、でも、その直後、混乱されたようにその場に崩れ落ちてしまわれたんですぅっ！」

うわぁーん！と、とうとう白火が限界を迎え、泣いた。

蒼爾がおやおやと白火を抱き上げる。

膝の上にちょこんと座らせられた白火は、蒼爾の羽織に遠慮なく涙と鼻水でいっぱいの顔を擦りつけた。ピシッと蒼爾が硬直するが、あの状態の白火に手を出せばそうなるのは当然だ。諦めて洗濯してほしい。

（というか、やっぱり私……）

真宵はそこで初めて、白火が夢の世界から連れ戻してくれたのだと悟った。

意識のない状態で体が勝手に動き、しかも寝室から玄関まで移動していた——それがはっきりしてしまえば、いっそう恐ろしくなってくる。

「顔色は……たしかにいつにも増して悪いですね。隈《くま》もひどいですし」

「んん、熱はないみたいやけどなぁ。風邪でも引いたんか？」

真宵は説明しようか迷った。けれど、どうにも確信がない。なによりようやく落ち着いてきた今、自分がだいぶ恥ずかしいことをしていたような気がしてきた。

そそくさと赤羅の膝から降りて、対角上にある座布団に座り直す。

「ごめん……たぶん、寝ぼけてただけだと思う」

「寝ぼけてたぁ？」

「だ、だって、気づいたらあそこにいたの。だからびっくりして」

短絡的だがそうとしか言いようがない。自分でも混乱しているのだ。

赤羅たちも困ったように顔を見合わせている。

「……意識がない状態であの場まで？」

「うん。白火の声で起きた」

「ふむ――症状的に似ているのは夢遊病でしょうか。これまでにこのようなことは？」

真宵はまさかと首を横に振る。

寝ている間に自分が知らない行動を取っているなんて、そんな気味の悪いことが頻繁にあったらたまったものじゃない。あの不可思議な夢はさておき、目覚めたときに布団のなかにいなかったのは、間違いなく今回が初めてだ。

赤羅がぽりぽりと頬をかきながら、怪訝《けげん》そうに首を捻《ひね》らせる。

「蒼ちゃんなんやねん、その夢遊病っちゅうもんは」

「簡単に言えば、眠っている間に体が勝手に動いてなにかしらの行動を起こす病ですよ。ほとんどの場合、その間の記憶はないと言いますね」

「うわ、んなけったいな病があるんか。なんや気色悪い病やなあ」

その病については、真宵も地上に伝わる文献《ぶんけん》で見たことがあった。たしかに症状的には重なる部分も多いし、あながち疑えなくもない。

とはいっても、たしかこの病は──。

「……夢遊病の発症年齢って」

「三歳から九歳ほどの小児ですね。稀《まれ》に成人を過ぎた者にも現れるらしいですが」

その〝稀〟には含まれたくない。切実に。

「九歳も十九歳も、んな変わらんやろ」

「我々の感覚ではね。人の子には大きな差ですよ。……まあいずれにしろ、原因はストレスが多いと聞きますが」

三者の視線が真宵に集中する。そろいにそろってなんとも言えない顔だ。

真宵自身どう反応するべきか悩んで、結局しょぼくれながら見つめ返した。

ストレス？　そんなもの、死を目前に控えた人の子に聞いてはいけない。

「あー……ところで、ふたりはどうしてこんな朝早くからここに？」

　ひとまず話を変えようと、真宵は勢いよく問いかける。

「私たちは、主からお嬢のそばについているよう命じられたのですよ」

「冴霧様から？」

「せや、例の集まりがあるんやって。一週間くらいかくりよに降りる言うてたわ。やからしばらく泊まらせてもらうつもりやけど、ええか？」

「それはもちろん、かまわないけど……」

　真宵は疑問符を浮かべた。

「一週間って……結構、長いね？」

　かくりよは、高天原とうつしよの間にある世界のことだ。

　高天原が神々の住まう天上界、うつしよが人の住まう下界だとすれば、かくりよはその中間地点。

　神から物の怪まで、いわゆる〝あやかし〟と呼ばれるモノたちが共存している桃源《とうげん》郷《きょう》なのだと、真宵は前に冴霧から聞いたことがある。

　そんなかくりよには、統隠局《とういんきょく》という、かくりよ全体を統治する行政機関がある。

　そこに所属する官僚たちが日々かくりよの情勢を管理しているおかげで、多様な種族が入り乱れていても、平和が保たれているのだとか。

　そして冴霧こそ、統隠局の官僚のひとりだ。天つ神はどうやら彼だけらしい。

「致し方ありません。最近はかくりよもなにかと物騒ですから。ついこの間も、悪霊絡みの事件でひと騒動ありましたし……。まあ、高天原担当の主には、正直あまり関係のない話ではありますが」

「そうなの？」

「ええ、そちらはかくりよ担当の官僚様の管轄《かんかつ》ですから。定期官僚会議は情報共有が主な目的なので、さすがに出席しないわけにはいかないんですよ」

高天原以外のことは、寡聞《かぶん》にして知識が乏しい真宵。正直なところ、外界の仕組みはいまいち理解が届かない。しかしそのなかで、ひとつ疑問に思ったことを尋ねる。

「でも冴霧様は、天神会の役員でもあるよね？」

赤羅が鷹揚《おうよう》にうなずく。

「せやな。むしろそっちが本業やろ」

天神会は、高天原に存在する統隠局と同列の行政機関だ。最高神である天照大神を頭目に、数多くの神々が所属している。

上層部に名を連ねる役員は、高天原の名を背負って立つ大神ばかり。

なかでも冴霧は、天利とそう変わらない権力を持つ、随一のお偉いさんらしい。

「今は主はんが天神会を背負ってるようなもんやしな」

「そう、だよね」

現在の天神会は代表が〝休眠中〟という非常事態。

必然的に、次手の冴霧へ仕事が回ってしまっているのだろう。

それもこれも、元凶を辿ればすべて真宵が原因だ。考えただけで気が重くなるが、仮にも従者の目前、なんとか顔には出さないよう努める。

「官僚務めは天神会からの派遣仕事のようなものですしね。かくりよには高天原に昇られていない神々も多く住んでいるので、細やかな連携は必須なのですよ」

「……かくりよに住んでる神様って、住民票どうなってるの？」

「完全にかくりよへ移している方もいらっしゃれば、高天原に登録したままのらりくらりと旅をしている方もいらっしゃいます。適当です、そのへんは」

驚くほど自由だ。さすが神様、と真宵はなかば呆れ気味に苦笑いをこぼした。

それに比べ、冴霧ときたら仕事仕事仕事。寝ても覚めても仕事尽くし。

昔から真宵が会いたいときに会える相手ではなかったが、にしても最近は働きすぎではとつい心配になってしまう。

「冴霧様って、お休みなさそうだよね」

「現在の高天原では一、二を争うほどお忙しいですからね。本来は下っ端へ回されるような雑事まで請け負っているので、丸一日休みという日はなかなか」

「ま、大抵そういう細っちいのはオレらに押しつけられるんやけどな」

「ふぅん……」

赤羅と蒼爾は、怪でありながら神と契りを交わしている特殊な存在だ。

高天原は神々の世界。天神会で認められた例外を除き、外部の者が出入りすることは許されない。それは怪も同様。彼らが立ち入ることができるのは、あくまで神の従者という肩書を正式に持っているからである。

（神様と怪が契るってこと自体、あんまり前例はないみたいだけど……）

実際、主従関係において神と他種族は相性が悪いと言われている。そのため、神々の従者は基本的に己の神力から生み出した分身——神使が一般的だ。

別個体の魂を持ったモノと契りを交わすなど、よほどの変わり者がすること。どうやら神々の間では、そういう共通認識があるらしい。

「セッちゃんと蒼ちゃんも、やっぱり忙しい？」

「ここ数年はとくに、ですね。ひっきりなしに仕事を言いつけられますよ」

「んなぁ。せやけどしゃあないんや。かくりよと同じで、高天原もだいぶ治安が悪うなっとるから。主はん荒事担当やし、なにかと——……あっ」

赤羅が慌てたように口を押さえる。どうやら言ってはならないことを口走ってしまったらしい。

蒼爾が額を押さえて項垂《うなだ》れながら、苦言を呈した。

「……赤羅。おまえはどうしてそう迂闊《うかつ》なのですか」

「ごめんて。つい口がぽろっとな」

「主にバレたら確実に首が飛びますよ。私は庇《かば》いませんからね」

そんなぁと、赤羅が鬼らしくもない情けない顔をする。

首が飛ぶほどの隠し事とは、またずいぶんと穏やかでない。荒事担当とはなんとも物騒な響きの言葉が飛び出したな、と真宵は心のなかで思った。

「荒事かあ……」

「あ、荒事と言っても場によりけりですよ。主の身に危険が及びそうな場合は私たちがお守りしますし、対神なら主が負けることはまずありませんから――」

「へー……そこまで危険な仕事もあるんだ」

「……蒼ちゃん墓穴掘っとるやん」

赤羅と蒼爾はあからさまに目を泳がせる。

こうなればもう余計なことしか出てこないと判断したのか、ふたりはアイコンタクトを交わすと唇を引き結んでしまった。

黙り込む鬼たち。

白火はふたりを交互に見ると、最後に真宵の方を向いた。どう反応するべきか見極めかねているらしい。さて、どうしたものか。

（……冴霧様が、セッちゃんと蒼ちゃんを大事にする気持ちもわかるよね）

真宵はこらえきれず笑ってしまった。

「大丈夫、知ってたよ」

鬼たちはそろって、はあ？と言わんばかりに鳩《はと》が豆鉄砲《まめでっぽう》を食ったような顔をする。

思わぬ方向から衝撃を受けて理解が追いつかないのか、それはもう食い入るように、いっそ穴が空きそうなほど真宵を凝視してきた。

「いや、そこまで詳しい内容とかは知らないし、はっきりとじゃないんだけど。ただ、冴霧様がなにか危ないことをしてるっていうのは……なんとなく？」

「……それは……」

「ほら、冴霧様ってなにも言ってくれないくせに、ときどきちょっと抜けてるもの」

昔から――ごく稀にではあるけれど、冴霧の服に返り血のようなものがついていることがあった。

いやむしろ、そういうときに限って、冴霧は真宵のもとにやってきていた。

血を拭い忘れるのは、それほど余裕をなくしていたとき――心身共に追い詰められていたときだ。

なぜ、そんな状態で真宵に会いに来るのかはわからない。幼い頃は怖がらせたいのかと警戒したものだ。

しかし、いつの頃からだったただろう。そうではないのだと気づいたのは。

冴霧は、助けを求めていた。おそらく、無意識的に。

なんてことのない顔をして、いつもと同じように真宵の名を呼びながら、光を忘れた瞳を向けてくる。自らが浴びた〝誰か〟の血にも気がつかないまま――。

そんな冴霧を、なんて危うい方だろうと思いながらも、なにも気づいていないふりをし続けてきた。そのツケがきっと今まわってきているのだろう。

「でも、そんなに忙しいならなおさら、どうしてふたりを私のところに？」

いつの間にか子狐姿で蒼爾の膝にちょこんと座っていた白火を呼びながら、真宵は首を傾げた。

炭をくべた囲炉裏のなかでパチパチと火花が数発爆《は》ぜる。

「統隠局に行くのだって別に初めてじゃないし。今までそんなことなかったよね？」

「……あー、まあ、そうなんやけど」

赤羅は言いにくそうに斜め上の方へ視線を彷徨わせながら、指先で髪を遊ばせる。

「オレらが言ってええもんやろか、蒼ちゃん」

「……どうせお嬢には隠し事などできないでしょう、あなたも私も」

「んー、まあなぁ。……あんなぁ、お嬢。主はんはただ心配なだけなんよ」

はて、心配とな。

真宵が目を瞬かせると、赤羅はうーんと唸りながら困った顔をする。

「ああ見えて、ほんまに主はんはお嬢のこと大事にしてるんやで。忙しくなかったら、自分が四六時中一緒にいたいって思っとるし。せやけどそれが叶わんから、せめてもの妥協案でオレらに守らせてるってだけの話でな」

「高天原内にいればお嬢になにかあった際すぐ駆けつけられますが、さすがにかくりよからは多少の時間がかかりますからね。でも、本当に渋々という感じでしたよ」

「大袈裟やって思うやろ？」

蒼爾の腕から抜け出してきた白火を受け止めながら、真宵はおずおずとうなずく。

「そら、オレらも今日ここに来るまでは過保護やな〜って思っとったけどな。でも、いざお嬢の気の薄さ見たら、そりゃあ心配になるのもわかるっちゅうもんや」

──気。

ああなるほどな、と妙に納得してしまうだけの知識があるのが恨めしい。

つまるところ、真宵の体から発せられる人の気──いわば生の香りが限りなく薄れてきているということだろう。そのときが刻一刻と近づいている証《あかし》だ。

クゥーンと悲しげに鳴いた白火が、真宵のお腹にぐりぐりと頭を擦りつけてきた。

そうだそうだ、とでも言いたげに。

「うーん、そうか」

「お嬢は相変わらず淡々としてますね。さっき取り乱したのはもしや演技ですか」

「失礼な。私だってたまにはああいうこともあるよ」

とはいえ、あれほど取り乱したのは、単に自分が覚えのない行動をしていたからというだけではない。その前に見ていた夢が大きく関連している。

けれど、それは言わないでおこう、とそっと胸にしまうことにした。

そこはかとなく、このふたりに言ったらすべて冴霧にバレる気がしたので。

「でも、ちょうどよかった。私、ふたりに会いたいって思ってたの」

やにわになんの話だ、と鬼たちが不思議そうな顔をする。

長年の相棒関係ゆえだろうか。血の繋がりはないが、このふたりは時折面白いくらいに同調するのだ。

「なんや珍しい。用事でもあったんか？」

「うん、白火のことで」

その途端、白火は全身を震わせて顔を上げた。今にも蕩《とろ》けそうな蜂蜜色の目はこぼれんばかりに見開かれ、どうにも慄いている様子だ。

——嘘ですよね、やめてください、冗談でしょ。

口にこそ出していないが、そんな正気を疑う声が聞こえてくる。

（これはまた泣かれるなぁ……）

さすがに気の毒にならないでもないが、事情が事情だけに真宵も譲れない。

「ほら私、もうすぐ死んじゃうでしょう？」

「は？」

「だから、ふたりに白火のことお願いしたくてね。親代わりとまではいかずとも、せめてかか様が目覚めるまでは、保護者になってくれたらありがたいなあって――」

ぼふんっ！と激しい音を立てて、白火が人の姿に戻った。

当然のことながら、突然腕のなかで大きくなられたら真宵も慌てる。

焦ってうしろに身を引いた真宵にのしかかってきた白火は、そのまま押し倒す勢いで頭から胸に激突した。

「うっ……⁉」

「また……っ！　またそれですか真宵さまっ！」

想定外のタイミングで人体化した六歳児の重さに耐えきれるほど、真宵は体幹を鍛えていない。踏ん張りきれず、思いきり後頭部を床に打ちつけそうになる。

「おっと」

けれど、そこはさすがの怪だ。瞬時に危険を察知して行動した蒼爾が、目にも留められない速さで真宵の背中に手を差し込んだ。

軽く受け止められ、真宵はホッと安堵の息を吐く。

助かった。危うく頭がかちわれるところだった。

床に右手をついて体勢を整えながら、左手は白火の背中へ。

触れた背中はわずかに痙攣《けいれん》しており、おやこれはと真宵は来たる殴打に備えた。

「……だから……ぼくはっ……嫌だと、あれほど……っ！」

けれど、予想に反して、強く押しつけるように真宵の胸に顔をうずめてきた白火。

掠《かす》れるような弱々しい声に拍子抜けする。むしろ戸惑うのは真宵の方だった。

てっきり、ポカポカと殴られながら反抗されるものだと思っていたのだ。

「どうして……どうしてわかってくださらないんですか……っ」

ぼろぼろと大粒の涙を流しながらも、いつものようにわんわんと声を張り上げて思いのままに泣くわけではない。

それはなんとも子どもらしくない、声を押し殺した泣き方で。

「嫌だ……真宵さまと離れるなんて、そんなの、ぼくは、絶対に嫌ですっ!!」

衣服に染み込んだ白火の涙の熱を感じながら、真宵は息を詰める。

(酷なことを言ってるのは、重々承知してるつもりだけど……)

──切願。

今にも消えてしまいそうなほど、つらく苦しい響きを持った訴えだった。

死ぬのは真宵だが、この様子では白火の方がずっと思い詰めていたのかもしれない。

置いて逝く側と、置いて逝かれる側。

――はたして、どちらの方が、つらいのだろう。

「……ごめん。ごめんね、白火」

天秤にかけられない答えを探っても正解はないのだけれど。

真宵にできるのは謝ることくらいで、白火の胸を占めている痛みを取り除く術は持ち合わせていないのだ。彼の望みを叶えることもできない。

「ちょ、ちょいと待ちいや。なんでそんな葬式みたいな空気になっとるん」

赤羅が焦ったように腰を浮かせ、蒼爾は呆れを滲ませながら嘆息した。

「あなたが悪いんですよ、お嬢。そんな無慈悲なことをさらっと言うから」

「む、無慈悲って言われても……え〜〜〜〜……」

だって、どうしようもない。

――真宵は死ぬ。

その定められた未来が刻一刻と迫るなか、どうしたって避けては通れない話題だ。

そう、これはいわゆる生前整理というもので――。

「だいたい死ぬってなんや。死なへんやろお嬢は」

「えっ、死ぬよ？」

「なに言ってるんですか。あなたは主と結婚するんでしょう？」

なんだ、もしや伝わっていないのか、と真宵は面食らった。

小柄な真宵にとっては、六歳程度の子どもでも、抱えるのはわりと苦労する。でも今離すわけにはいかないと、なんとか抱き上げながら立ち上がった。

「私、冴霧様と結婚しないよ」

「……は!?　いやいやいやいや、なに言うてんの!?」

一時停止とわずかな沈黙のあと、赤羅は泡を食ったように身を乗り出した。その拍子に古い板間が歪み、ミシミシと軋《きし》んだ音を立てる。

床が抜けやしないかと不安を覚えながら、真宵は眉を下げた。

「なにと言われても……冴霧様にだって、何度も断ってるし」

「まさか他にお慕いしている方が……!?」

今度は蒼爾が食いついてくる。

「もう、そんなわけないでしょ。誰とも結婚しないってだけの話です」

誰ひとり、真宵が冴霧と結婚すると信じて疑う者はいない。

とりわけこのふたりに関しては、幼い頃から真宵が抱いている想いを知っているがゆえの反応なのだろう。

(うーん、なんと言えばいいか……)

——真宵との結婚を望む神々が他にいないわけではない。

むしろ引く手数多で、次から次へと恋文が届く。もはや専用の部屋を作ってしまったくらいには、ひっきりなしに数多くの神々から縁談が舞い込んでいる状態だ。

ただし、そこに〝愛〟はない。神々はただ清めの巫女が欲しいだけ。

さすがにそんな神々と結婚する気は起きなかった。

（それとこれとは話が別っていう乙女心が、このふたりにわかるとは思えないし……）

一応、真宵にも幾らか女神の知り合いはいる。制限下ではあったが、天利が信頼を置いている彼女たちとの邂逅《かいこう》は、とても心躍ることだった。

けれど、彼女たちは総じて多忙な神。真宵の都合で会いたいときに会えるような相手でもなく、とりわけ天利が眠ってからは、誰ひとりとして再会できていない。

つまり真宵は、このもどかしい気持ちを共有できる相手がいなかった。

吐き出してしまえば、楽になる気もする。一方で、この内に宿る拗れた想いを口にするのはいささか恥ずかしい気持ちもある。なんとも複雑だ。

「本当に冴霧様からなにも聞いてないの？　私、求婚されるたびにわりと辛辣なお断りを繰り返してるし、一度だって受けたことないんだけどな」

つい先日も、失礼極まりなく変態呼ばわりしたばかりだ。

まあ皮肉にも、渾身《こんしん》の拒絶すら効いているようには思えないが。

「そろそろ愛想尽かされる頃かなあって思ってたし」

ぽんぽんと白火の背中を軽く叩いてあやしながら言うと、二名の鬼は顔を真っ青にし、ぶんぶんぶん！と激しく首を横に振った。

「な、なにも聞いてないどころか、毎日のように『おまえらのせいで今日も俺の花嫁に会えん』とか『俺に黙って真宵に会いに行ったら殺す』とか『おまえら早く仕事終わらせないと今月の給料抜きだからな』とか恐喝のオンパレードで……！」

「せや！　この間なんて『真宵がいない世界なんてつまらんよなぁ』って言うもんやから『せやね』って答えたら、地の果てまでぶっ飛ばされたんやで！」

なんだその鬼上司。ハラスメントパラダイスじゃないか。

さすがの白火もぴたりと涙を止めて、全力で引いたような目線を鬼たちに向けた。子どもの本気の引き顔など滅多に見れるものではない。

「……冴霧様ってやっぱり変態なの？」

「ちょっと怖くなりました……。真宵さま、やっぱり冴霧さまじゃない旦那さま探しますか？　ぼくは真宵さまが生きていてくれれば、もうなんでもよいんですけど」

白火の極々真剣な言葉に、ふたりの顔がとうとう土気色まで明度を落とす。

「恐ろしいことを言わないでください。主は龍神ですよ!?　お嬢が別の殿方と結婚なんてしたら、高天原は終わりです。いや高天原どころか、かくりよもうつしよも消されます。すべての世界が丸ごと消滅します……っ!!」

「やないんやって！　大袈裟どころか足りへんくらいや。主はんが本当に怒ったらこの世界なんてあっちゅうまに無に還《かえ》るからな。生命の始まりすら望めん世界になるのは決定事項や。ええか、大事なとこやからな、もっかい言うで。──決っして、大袈裟やないっ！　この世界は消滅するっ!!」

「だから大袈裟──」

今にも掴みかかってきそうな勢いだ。

いったいこの鬼たち、主にどんな弱みを握られているのだろう。

いくらなんでも怯《おび》えすぎではなかろうか。

「──……それに、もしお嬢が主はんの嫁さんにならへんかったら、主はんがっ……」

「いけません赤羅っ！」

蒼爾が赤羅の口に飛びつく。押し倒されんばかりの赤羅も、ハッと目を見開いてなにかをこらえるようにぐっと拳を握りしめた。

そのあからさますぎる様子に、真宵は訝《いぶか》しむ。

「……主が、なに？」

鬼ふたりがおずおずと真宵を見て、すぐに別方向へ目を逸《そ》らした。

いささか隠し事がヘタ過ぎるが、真宵は追い打ちをかけるように尋ねる。

「私が冴霧様と結婚しなかったら、冴霧様はどうなるの？」

「…………」

「…………」

赤羅と蒼爾は肩を揺らして、互いに目線を交わし合った。

やがて重苦しく口を開いたのは蒼爾の方で、一方の赤羅は余計なことを言わないようにか、きゅっと唇を引き結ぶ。

「……すみません、お嬢。これは言えません」

ふう、と真宵は息を吐く。

まあ聞きはしたが、この鬼たちは答えないだろうなと思っていた。本当の意味で冴霧が隠していることを、まかり間違っても従者が口を滑らせることはない。

しゃべりたい、という意思はどうやらあるようだけれど。

「口止めされているのです。言ったら最後、私たちの首が飛びます」

「……せやった。堪忍《かんにん》な、蒼ちゃん」

またもや込み上げたため息をぐっと呑《の》み込んで、真宵は悄然《しょうぜん》と首を振る。

「大丈夫。気にしないで」

これに関しては、ふたりが悪いわけではない。真宵がいくら粘って聞き出そうとしたところで、そう簡単に口を割らないのは目に見えていた。

「しかしお嬢、なぜ主との結婚をしないなどと……許嫁でしょう？」

「かか様が勝手に決めただけだもん」

「ですが、死ぬほど嫌なわけではないはずです」

きっと理解はしてもらえない、と真宵は思う。

好きな相手との結婚——その先に待っているのは追い求めた幸福なはずなのに、未来を描こうとすると形容しがたい恐怖が訪れる。

まざまざと脳裏に思い出されてしまう。冴霧が真宵に向ける、哀愁漂う憂いを帯びた眼差しが。その奥に潜む得体の知れない昏《くら》い影が。

礎の部分ですれ違っていることも、互いの心緒《しんしょ》がはまりきっていないこともわかっているからこそ、真宵には結婚——婚姻を結ぶという選択ができないのだ。

「あのね、セッちゃん。蒼ちゃん」

真宵は泣きやんだ白火を床に下ろしながら、そっと瞼を伏せる。

下りた白火は、ためらいがちに真宵の服の裾を掴んだ。

紅葉のように小さな手。その背を抱くように引き寄せながら、真宵はゆっくりと噛《か》みしめるように言葉を紡ぎ出す。

「たぶん、人だからだよ」

「……どういう意味やねん、それ」

「そのまま。人って、すごく面倒くさい生き物なの」

悠遠を揺蕩《たゆた》う神様や、同じく幾久しい時間を生きる怪にはわからないだろう。

たかだか十九年の短い生涯のなかで真宵がなにを思い、なにを考え、どんな想いを燻《くすぶ》らせてきたのかなんて、おそらく考えもしていないから。

「生きたくないわけじゃないし、死にたいわけでもない。むしろ結婚しないと死ぬとかどんだけバカらしいのって思ってるけど」

「……言いますね」

「ふふ。でも、ね。そんなふうに思っていてもなお私が冴霧様を拒むのは、冴霧様が好きだから。心の底から、冴霧様を想ってるからだよ」

服を掴む白火の手の力が強くなった気がして、真宵は彼の頭を優しく撫でつけた。

どれだけ嫌だと駄々をこねても、白火は誰よりも真宵の気持ちを理解しようと努めるし、でき得る限り懸命に汲《く》んでくれようとする。

そのいじらしいほどの健気さには、さしもの真宵も胸を打たれるが、残念ながらこの複雑怪奇な乙女心だけは理解できまい。

「……冴霧様は、本当の自分を見せてくれない。私が触れたいと思ってる部分に触れさせてくれない。もしかしたら私を守るためなのかもしれないけど、あの方はそれで私が傷ついてるってことすら気づいてないんだもの」

——この一方通行さが、ひどく、無性に、嫌だ。

「私は人の子だから、結婚したら最後、もう離れられなくなる。それは契りの制約もあるけど、〝心〟の部分がね。きっと冴霧様に執着してしまう」

「お嬢……」

「……怖いの、私。好きだからこそ、怖い。好きな相手の懐にいるのに、彼に触れられないのがつらいと感じてしまう自分が、一番……怖いけど」

冴霧が好きではないから結婚を拒否している――のなら、どれだけ楽だったか。

先ほど真宵は、冴霧の愛の重さを変態だと思った。だが、改めて考えてみれば自分もたいがいだった。むしろ、真宵の方が幾分血迷っている気さえする。

赤羅と蒼爾がおろおろしているが、真宵はかまわず続けた。

「――だからね、冴霧様が私を求める本当の理由が知りたいんだ。あのお方が私に隠していることを知らないまま……なにもわからないまま結婚したところで、きっとその先に幸せを望むことはできない。私も、冴霧様も、後悔するだけだと思う」

そうやって守られ続けてきたから、後悔した。

真宵はもう、天利のときのように、失ってから気づいて悔いるのは嫌なのだ。

「心配かけてるのは、本当にごめんなさい。でも、私も悪戯に冴霧様との婚姻を拒否してるわけじゃないってことは、わかってほしい」

これでも自身に訪れるだろう結末は、心して覚悟している。

ゆえにこそ、こうして備えているわけで。

「セッちゃん、蒼ちゃん。どうか私が死んだら白火をよろしくね」

「っ、真宵さま！」

「私は白火が大事だから。家族だから。絶対にひとりになんかさせないよ」

真宵はその場にしゃがみ込んで白火と視線を合わせると、目を細めて微笑んだ。

「……ね、白火。振り回して申し訳ないけど、お願い」

くしゃりと白火の顔が悲壮に歪む。

赤羅と蒼爾も、うしろで世界が終わることを悟った顔をしていた。

真宵にとっても、兄同然の彼らとの別れはつらい。

けれど、それでも、真実を知ってからのこの二年は、自らの死を受け入れるために生きてきたようなものなのだ。そう簡単に覆る決意ではない。

真宵のなかで、もうとっくに答えは決まっている。

「かか様が起きたら、私は幸せだったよって伝えてね」

◇

「ごめんくだせえ。どなたかいらっしゃいませんかねえ」

真宵の住む離れに来客があったのは、鬼たちが訪ねてきた日の黄昏時《たそがれどき》だった。

真宵に沈み始めた空は幾重もの色が積み上がり、佳夕《かせき》を生む。夕闇の色が濃くなるにつれて、気温も着実に下がり始める頃だ。気まぐれな高天原の夜は、たとえ夏であっても底冷えすることが多い。

常備している小紋仕立ての和羽織を肩にかけながら、居間で洗濯物を畳んでいた真宵は玄関へ駆けた。

「……えっ、山峰《さんほう》様？」

玄関の扉を開けてびっくりした。

そこに佇《たたず》んでいた彼もまた、真宵を見るや目を丸くする。それから「ははあ」と大袈裟に仰け反りながら、呆気に取られたような声をあげた。

「もしかしなくても、真宵嬢かい？」

下膨れのふくよかな丸い顔。かろうじて頭にのるだけの小さな竹笠からは、松葉色の髪が毛先だけ申し訳程度にはみ出している。

顔中を渡る皺《しわ》は深く、人の齢ならば六十代後半くらいか。

真宵の胸あたりほどの小柄な体躯。だが、足元を見れば歯の高い一本歯下駄を履いており、実際はもっと小さいのだということがわかった。

名は山峰。一応、知り合いではある。

幼い頃より数回ほど顔を合わせたことがある程度だけれど。

「お、お久しぶりです。真宵です」

「こんりゃあたまげた。なんとまあ別嬪《べっぴん》さんじゃあないか」

山峰は、特殊な神器や呪具等を取り扱っている道具屋である。天利の商談相手で、数年に一度の頻度で御殿にやってきていた。

とはいえ、商談の際は部屋に入れてもらえなかったため、真宵自身はそこまで関わりはない。どちらかといえば、帰り際にお菓子をくれる優しいおじさんという認識だ。

「いやはや、人の子の成長というのは早い。あんなに小さかったのになあ」

しみじみと顎髭《あごひげ》を撫でる山峰。上から下まで舐《な》めるように見られて、真宵は若干引きつった笑みを浮かべた。

山峰はもともと、地上のとある山の守り神として生まれた神らしい。なにかと情報通で、道具屋のかたわら情報屋としての仕事もしているのだと、かつて天利から聞いたことがある。

（でも、かか様は山峰様のことあんまり好んでなかったような……）

もとより天利は好き嫌いの激しい性格だが、好かない神にはとくに冷淡だった。

幼い頃ゆえに定かではないが、記憶が正しければ山峰はとりわけ嫌われていた気がする。まあ、こうして敷地内に入れるということは、危険な者ではないのだろうが。

「それで、ええと、今日はなにかご用事でしょうか……？」

天利の目がなくなってからも、神々とむやみに接触するのは冴霧から禁じられている。だからといって、わざわざ御殿から離れた真宵の離れまでやってきたのだから、それなりの用事があるのだろう。出会い頭に追い返すわけにもいかない。

（まあ、今日はセッちゃんもいるし……大丈夫かな）

真宵はちらりと後方を振り返りながら尋ねる。

するとタイミングよく、赤羅が居間からひょっこりと頭を出した。

「お嬢ー？　誰か来たんかあ？」

赤羅の姿を見て驚いたのか、山峰は一瞬ぴきりと固まりながらも、すぐに表情を和らげた。垂れた目尻に深皺が寄り、柔和に「これはこれは」と顔を綻《ほころ》ばせる。

「誰かと思ったら、冴霧様のところの」

「んあ？　あー、なんや情報屋のオッチャンやん」

赤羅はくあっと大きな欠伸《あくび》をこぼしながら、のんびりと歩いてくる。

居間で昼寝していたはずだが、どうやら来客で目が覚めてしまったらしい。

ちなみに白火は今、厨にこもって夕食の準備中だ。蒼爾は急遽《きゅうきょ》増えたふたり分の食材の買い出しに出ているため、なにかあれば赤羅だけが頼りだった。

これまでは誰かしら間に入ってくれていたから気にしたこともなかったが、冴霧以外の神様への対応には正直慣れていないのだ。内心、ホッと胸を撫で下ろす。

「久しいなあ。最近見かけへんかったよな？」

「ははは、おかげ様でなにかと忙しくさせてもらっていてなあ。ここ最近はずっとかくりよの方に降りていたんでさ」

「へえ、そりゃ結構なことやん。オッチャンにはうちもなにかと助けてもらってるさかい、今後とも贔屓《ひいき》にしたってや」

なるほど、仕事関連で繋がりがあったらしい。情報屋という認識からそうかなとは思ったけれど、ひょっとしてそちらの方が名が通っているのだろうか。

神々も副業の時代なのか、と真宵はひとり納得する。

「そりゃあもう、オラでお役に立てるのならいつでもお呼び立てくだせぇ」

「頼むわ。んで？　お嬢になんか用やったんやろ？」

「ああそう、そうだったそうだった」

思い出したように手を叩いた山峰は、その場によいこらと腰を下ろす。

慌てて真宵はなかへ入るよう促すが、「いんやここで」と首を振られてしまった。

「で、でもそんな地べたに……」

「真宵嬢にお届けもんがあるだけさね。すぐ終わるけ、ここで十分」

「お届けもの、ですか？」

「ん、仕事の取引相手なんだがな。天照大神様の老友っちゅうもんから、匿名で真宵嬢に渡してほしいって頼まれたんでさ」

山峰はそう言いながら、持っていた風呂敷を胡坐《あぐら》の上で丁寧に解き開ける。

出てきたのは、色味艶やかな漆塗《うるしぬ》りの小箱だ。大きさは手のひらにのるほど。蓋《ふた》の表面には金箔《きんぱく》と金粉がちりばめられ、牡丹《ぼたん》の花が描かれている。周囲を縁どるようにしっかりと描かれた紋様は、見たことがない不思議な形だった。

真宵はその場にしゃがみ込んで、まじまじと小箱を覗き込んだ。

「これは？」

「オラも中身は知らんが、まあ開けてみい」

ほれ、と手渡され、反射的に受け取ってしまった真宵。

いかにも高級そうな重量感に躊躇しながらも、そっと蓋を開けてみる。

「腕飾り……？」

丹色の敷物に包まれていたのは、なんとも筆舌《ひつぜつ》に尽くしがたい不思議な天珠が連なった腕飾りだった。

恐る恐る手に持ってみれば、光が当たるたびに色調が変わる。

それを見た瞬間、山峰が「ほお」と驚嘆の声をあげて目を剥いた。

「こんりゃあ珍しい。鉱麗珠だべ」

「鉱麗珠？」

「かくりよの産物で、滅多に手に入らないとされている貴重な鉱石さね」

あー、と赤羅が思い出したようにポンと手を叩いた。

「主はんが探しとったやつやん、それ」

「えっ、そうなの？」

「オレらも介入させてもらえんかったから、なにに使うのか詳細は知らんけどな。なんでも手に入らんようになってて、稀少価値が上がってるみたいやで」

（え、もしかしなくてもこれ、結構高価なものだったりするの？）

手のひらにのせた腕飾りを凝視する。

落としてはいけないという緊張と、容易に触れてはならない物だった焦りが交錯して冷や汗が流れた。傷つけないよう慎重に箱のなかへ戻す。

「ん～、そうさなあ。裏取引でさえ滅多にやり取りされることはねえし、あったとしても相当な高値で売買されていると聞く」

「そ、そんな貴重なものを、どうして私に……!?」

「さあ、相手方は御守りだって言っていたがねえ。んま、大した意味はなく、ただ老友の娘が心配になったんじゃないかね？　そういうもんだろう」

さりとて、母は最高神と崇め奉られるあの天照大神だ。名ばかりの友と称する神や怪はいくらでもいるし、真宵とてそのすべてを把握しているわけではない。

（うーん……。そもそも私、あまり関わらせてもらえなかったしな）

神々との邂逅を制限されていた真宵がまともに関わっているのは、冴霧のみ。天利の監視下において交流があった神々もいることにはいるが、片手で数えるほどだ。

そして、もし彼らならば、わざわざ名を伏せることはしないだろう。

「……あの、一応お聞きしますが、冴霧様ではない……？」

「ああそりゃあ違う。もし冴霧様だったら赤羅くんが知っちょるだろう？」

「あ、ですよね」

ホッとしたような、ちょっと残念なような。

しかしながら、そうなると本当に見当がつかない。わざわざ匿名で通してくるあたり、もしや名を聞いたら驚いてしまうような大物だったりするのだろうか。

「ええと、じゃあこれって御守りの力があるんですか？」

「んー、どうだろうなあ。鉱石に妖力が混ざり込んで変化したもんだとか、かくりよの永遠桜の影響を受けて生まれたもんだとか……まあ諸説あるが、その真相はいまだに判明していないんさ。でもま、そんな神秘からすれば、たしかに御守りっちゅうのもあながち間違いではないんでねえか？」

「うぅん……なるほど……」

真宵はつぶやくように返して頭を悩ませた。

相手が匿名である限り、こちらからお礼を言うこともできない。

どうしたものやらと見つめていると、山峰がけらけらとおかしそうに笑った。

「なァにそんなに深刻に受け止めなくとも、もらえるもんはもらっときゃあいい。神からの贈り物なんざ、とくにな。そんだけで御守りになるってもんだ」

はあ、と真宵は戸惑いながらうなずく。

さらりと相手が神であることが明らかになり、幾分かホッとした。

これが名も知らない怪からだったら、最悪一生お礼が言えないところだった。神であるなら、もしかしたらどこかで相見える機会があるかもしれない。

「だから、んなところにしまっとかずに常日頃から身につけとくといいだに。こういうのは、身につければつけるほど力を増す。きっとよいご利益があるさね」

「そうですね。せっかくいただいたものですし……」

言われるがまま箱から取り出し腕に通すと、ちょうど山峰の背後から差し込んだ西陽が反射して、鉱麗珠が黄昏色に淡く染まった。

思わず、ほうと感嘆の息が漏れる。

「へぇ、えらい綺麗なもんやなぁ。お嬢も気に入ったみたいやん」

「うん。大事にしなきゃね」

真宵は鉱麗珠を宙に透かして見ながら微笑んだ。

誰かに贈り物をしてもらったのは、すごく久しぶりな気がした。そこまで物欲があるわけではないけれど、自分を思ってのプレゼントは嬉しいものだなと思う。

ちなみに冴霧が真宵へ贈り物をしてきたことは一度もない。あんなに求婚してくるくせに、なんとも乙女心には疎い神様なのだ。

「そんじゃあ用事も終わったし、オラはこれで帰るでな」

「は、はい。あの、ありがとうございます、山峰様。これを贈ってくださった方にもどうかお礼をお伝えくださいね」

「また次の取引のときに伝えとくさ。んじゃなあ」

山峰はササッと風呂敷をまとめると、軽く手を振ってさっさと踵《きびす》を返した。

歩いていくかと思いきや、次の瞬間、山峰は大きく跳ねた。

ぴょーんぴょーんとまるで兎《うさぎ》が跳ねるように去っていく。

あっという間に遠ざかる背中を、真宵は乾いた笑みを浮かべて見送った。

「歩き方が独特でいらっしゃる……」

「んーや、ありゃあ走ってんやろ」

「えっそうなの!?」

神とはつくづく不思議なものだと実感する。

神の国で神に育てられた真宵でも、いまだにこうして驚くことがあるのだから、本当にこの高天原という場所は面白おかしい。予想がつかないことばかりだ。

「それにしても、これ贈ってくれたのいったい誰――」

『……で』

あれ、と真宵は視線を彷徨わせる。

(今、一瞬なにか聞こえたような……)

改めて耳を澄ませても、特別変わった音は聞こえてこない。

なんだ気のせいかと歩きだそうとしたとき、廊下の先にある厨から白火がぴょこんと顔を出した。

「真宵さまぁ。味見をしてもらいた……あれ？　なにかありましたー？」

「なんでもないよ、ちょっとお客様がね。今行くから待ってて」

「味見！　オレもオレも！」

結局そのあとも、とくになにか聞こえてくることはなく、真宵はすぐにこの違和感を忘れた。

しかしながら、赤羅と蒼爾が離れに滞在し始めてから四日後――。

その事件はなんの前触れもなく、真宵に降りかかったのである。

◇

『──……よい、真宵。ほら、こっちだ。こっちだよ』

いつになく明瞭《めいりょう》に聞こえてきたその声に、真宵はハッと意識を覚醒させる。

どこか冷ややかな暗闇が広がるなか、体を起こしてあたりを見回した。

いつもの離れだ。隣には子狐姿の白火がお腹を広げてすやすやと眠っている。

（今、何時……？）

褥に入ってから、どれほどの刻が経ったのだろう。

窓の外は相変わらず静謐な宵闇に包まれている。朝日が昇る気配すらないところを見ると、まだそれほど更けてはいないのかもしれない。

だが、夜中に目覚めたとは思えないほど、真宵の意識ははっきりとしていた。

『真宵』

「……誰、なの」

先日とは違う。今回はちゃんと意識がある。

意識があるにもかかわらず、夢で聞こえていたあの声が聞こえる。

それは音としてではなく──頭のなかに直接語りかけてくるような、なんとも不思議な感覚で。

『こっちにおいで、真宵』

その声がどこから流れてきているのか、なんとなくわかる気がした。

いつもは掴めない音の先に、道標のごとくピンと糸が張っている。

『ほら、早く。早く、早く、早く』

真宵は音を立てないよう気をつけながら、そっと立ち上がった。

白火に布団をかけ直して、そのまま部屋を出る。

どこか意識が虚ろになっている気もした。けれど、意思が失われたわけではない。

それをどうにか自覚しながら、声が流れてくる方へ足を進めた。

草履に爪先をひっかけて門扉を潜る。

そしてすぐ脇、天照御殿の入口へ繋がる近道——茂みに開いた小さな穴へ、身を屈めて体を滑り込ませた。夜着が汚れ枝葉が肌を傷つけるが、かまわず進む。

真宵がぎりぎり通れるほどの狭い通路。

天利の眠りを聞かされてからの二年で、白火と地道に掘り上げたものだ。

大きく回って御殿の入口まで行くと軽く十五分はかかるが、ここを抜けるとせいぜい二分ほどで敷地内に入ることができる。

まさかこんな夜中に息をひそめて使うことになるとは、考えてもみなかったが。

『ほぉら、こっちだ。こっち。真宵こっちだよ』

声は途切れない。近づけば近づくほど鮮明さを増して、頭中に響いてくる。

穴から御殿の左奥部へ抜け、真宵はよろよろと立ち上がった。

そのまま突っかけ草履を脱ぎ捨て勾欄《こうらん》を乗り越え、簀子縁《すのこえん》へとよじ登った。

服についた土が歩くたびに床に落ちるが、あいにく気にする余裕はない。

——この天照御殿は、いわゆる寝殿造を模した構造だ。

寝殿造とは、人の暦で平安時代に主流となった建築様式のこと。

高天原では、当時その様式を気に入った位の高い神々が人の技術を模倣し、見よう見真似で自らの住処に取り入れたことから広まったらしい。

現在の高天原は日ノ本《ひのもと》伝来の多くの建築様式が混在しているが、大神は寝殿造の御殿住まいが多い印象にある。この天照御殿もそのひとつ、というわけだ。

実際のところ、構造自体はそこまで複雑ではない。

おもに執務室や会議室などの仕事部屋があてがわれた東対に、神使たちの居住区である西対。以前真宵も生活していた北対は、天利のプライベート空間だ。

他にも築地塀に囲まれた広大な敷地内には、離れをはじめとした建物があちこちに点在している。

真宵が立ち入ってはならない場所も多くあるので、たとえ十九年ここで生活していても、その全貌は知らないのだけれども。

（きっと、この先……）

透渡殿《すきわたどの》を突っ切り、中門廊へ曲がる。そのままま っすぐ進めば庭園だ。

敷地の三分の一を占領している庭園の大池。池の中央にある中島には、先端が尖った鋭利な大岩がなにかを守り隠すように囲んでいた。

真宵はふたたび勾欄を跨《また》ぎ、裸足のまま中庭へ。

朱い反橋《そりはし》を渡り、申し訳程度の小さな中島に足を踏み入れる。そこに架けられた平橋をもう一度渡れば、ようやく目的地だ。

中島全体に敷き詰められた、玉のような白砂利に浮かぶ飛び石を進む。

そこに近づくにつれ、真宵は心臓の鼓動がひどく速まるのを感じていた。

なぜなら、ここは――とても〝危険〟な場所だから。

この大池に囲まれた中島は、敷地内全体に大型の陣――結界が敷かれている。

その結界の中心にあるのが大岩だ。高さは四メートルほど。細長く槍《やり》のように尖った先端は天に伸び、髪の毛一本の隙間もなく並ぶ様はいっそ檻《おり》のようにも見える。

だが、本当に危険なのは、この大岩ではない。

『……あと少しだ、真宵』

暗がりのなか、剥き出しの足裏に細かい砂利が突き刺さり傷つく。

庭園内には中島周辺を避けて石灯篭《いしとうろう》が散在しているが、淡い灯りは宵闇を照らすにはいささか不十分であった。

ここだけぽっかりと、まるで空間を剥ぎ取られたように寂として不気味な暗黒に包まれている。気を抜けば、存在ごと闇に取り込まれてしまいそうなほど。

けれども、真宵は立ち止まらない。立ち止まれない。ここまで来てしまえばもう体はほぼ操られているも同義で、意思とは反して動いていた。

（そう、あと、少し……）

少しで、なんだろう。この先に、なにがある？

ぼんやりと霧がかった意識のなかで、唐突に浮かんだ疑問。

その答えの糸を掴む前に、足先が大岩前最後の飛び石に触れた。

――瞬間、ぶわりと空気が変わる。

周囲に漂っていた神力が、急激に岩へ吸収されていく。同時に目も眩むほどの眩い光があたりを包み、その凄《すさ》まじい引力にぐらりと視界が揺れた。

……ところが、倒れるように踏み出した先には、もう岩はなかった。

真宵を招き入れるように左右に裂かれた岩の先。

そこにささらぐのは、泉だ。神力の塊《かたまり》のような青白い光を纏い、触れることすらためらうほど透き通っている。にもかかわらず、不思議と底が見えない。

――下界への入口。通称、流獄泉《りゅうごくせん》。

「ああ、真宵。そうだ、こちらへおいで」

声はこの泉の先から聞こえていた。

はっきりと、もはや頭のなかではなく、確実に音として。

真宵はここに来て踏みとどまった。なにかに引きずられそうに意識が虚ろになるけれど、それでもどうにか理を保つように強く奥歯を噛みしめる。

(……昔も、ここへ来た)

幼い頃、興味本位で。

絶対に近寄ってはならないという言いつけを破り、たったひとりでこの場所へやってきた真宵は、水底を見ようとして誤って泉に落ちたのだ。

あのときほど、天利が怒ったことはない。

(流獄泉は……罪を犯した神々の、処刑場……)

これほどまでに美しく神秘を纏った泉だが、その実、呑み込んだ者の神力を貪り吸い尽くすという恐ろしい性質を持っているらしい。

泉の先はかくりよに繋がっているが、神力こそ生の証である神々にとっては地獄の入り口なのだろう。流れる地獄の泉、とはそのままの意味を表している。

そして泉の性質で厄介なのは、力の強い者ほど吸引力が増すということ。

ゆえにここに流された罪神は、神格にかかわらず、以降何千年と高天原へ昇ることが不可能になるほど神力を失う羽目になるのだとか。

仮にその者が大いに信仰されている神ならば、地道に神力を回復して、やがてはふたたび高天原へ昇ることも可能かもしれない。だが、信仰の薄い神はそうもいかず、かくりよに下ったまま消滅の一途を辿る者も少なくはないのだという。

だからこそ、流獄泉は極刑に次ぐ刑の際に用いられている。

「マヨイ、オイデ」

ならばなぜ、このなかから声が聞こえるのか？

それを冷静に考えられるほどの理は、もう残っていなかった。

本来ならば〝罪〟を犯した者にしか反応しないはずの結界が、なにもしていないはずの真宵を受け入れた――その意味すら考えられなかった。

けれど、ただひとつだけ。

このなかに落ちてはいけない。

それだけが、その恐怖だけが、かろうじて真宵の足を押しとどめる。

――しかし。

「ホラ、オイデ……！」

腕につけていた鉱麗珠の腕飾りが、語りかけてくる音に呼応するように強く光った。

そのまま腕飾りごと、泉へ強制的に引き寄せられる。

まずい、と思う暇もなかった。

抗いきれなかった真宵の体が、ぐらりと倒れる。

そのまま泉のなかへ引きずり込まれた真宵は、ゴボッと肺から空気を吐き出した。

勢いよく体内に流れ込んでくる水。

急激に力をなくしていく体。

——元来、人である真宵に神力はない。だが、神聖な高天原を包み支える自然の神力は、長くここで暮らしてきた真宵の体にいくらか吸収されている。

天利の加護を失った今、それこそが真宵の命の綱になっているのだ。

そうして、時間と共にすり減っているなけなしの神力と己の霊力が完全に尽きたそのとき、訪れるのは〝死〟一択。理に背き、無理やり縫いとめられているに過ぎない真宵の魂は、ほんの少しの綻びで脆くも散り去るだろう。

だから真宵は、生きるために神様と結婚して加護を得なければならなかった。

(でも、この先は……かくりよ)

あやかしにとっては桃源郷であるそこも、真宵にとっては冥界《めいかい》。

もしここですべての神力が吸い取られなかったとしても、結果的には同じだ。

真宵はおそらく、泉を抜けた途端、死に至る。

神聖な高天原内だからこそ繋がっている体と魂が、分離してしまうので。

（……ああ、私、死ぬんだ）

唐突にそれを理解した。理解して、少しだけ笑ってしまった。

その瞬間、最初に頭に浮かんだ顔が、冴霧だったから。

ゆっくりと重たい瞼をこじ開けて、青白く揺らめく視界でぼんやりと思いを馳せる。

——冴霧に出会ったのは、いつだったのだろう。

彼は、初対面の記憶も辿れないくらい幼い頃から、真宵のそばにいた。いつもなにかと真宵の世話を焼いてくれていた。それが、当たり前だった。

だから、天利と同じくらい、彼は真宵の人生で欠かせない存在だったのだ。

家族のような感覚はある。けれど、冴霧はいつだって冴霧としてそこにいた。

ああでも、本当はどこかで気づいていたのかもしれない。

彼が真宵を気にかけてくれる本当の理由——そこに覆い隠された、真宵と冴霧、そして高天原全体が関わる真実のひと欠片《かけら》に。

（こういうとき、私を救ってくれたのは……）

以前ここに落ちたときも、瞬時に駆けつけて引き上げてくれたのは冴霧だった。

いや、なにもそのときだけではない。真宵が危険な目に遭いそうになると、どこからともなく現れて助けてくれるのは、いつだって冴霧だった。

ずっと、ずっと、昔――。きっと、あのときも。

(あなたは、最期までなにも話してくれなかったけれど)

――真宵は、神隠しの子だった。

だが、自分を高天原に連れ帰った神様を、真宵は知らない。

わかっているのは、天利ではないということだけ。親として育ててくれたのは彼女だけれど、それは自分ではないと彼女自身が証言していた。

ならば、はたして誰なのか。

そんなことは火を見るよりも明らかだった。

真宵が幼い頃から深く関わりのある神は、冴霧しかいないのだから。

だというのに、彼はなにも言わない。

真宵を救ったのは自分だと、命を救った恩があると――そう囲ってしまえば、真宵の婚姻に対する拒否権なんて簡単に奪ってしまえるのに、なにも言ってくれない。

(……まあ、そういうところは、卑怯《ひきょう》なことが嫌いな冴霧様らしい)

なんにせよ、もうなにもかも手遅れだ。

神々に隠されてしまった人の子は、皮肉にも神様に〝心〟を向けてしまった。

もっとも生まれてはいけない想いを抱いてしまった。

だから、きっと、罰が当たったのだろう。

(でも……こんなふうに、想いを告げられないまま死ぬのは……)

——こんな最期では、あまりにも報われない。

(……ああ、やだ。冴霧様に、会いたい……っ)

口からこぼれる空気の泡が徐々に減っていく。

神力が尽きるのは時間の問題だろう。

ひときわ大きな泡を吐き出しながら、真宵は涙交じりにくしゃりと顔を歪めた。

無意味な抵抗だとわかっていても、本能が抗うのをやめない。

沈んでゆく力の入らない体を捻り、どうにか反転させて、遠のいていく泉の入口へ手を伸ばす。

(冴霧様……——)

自分ではない誰かを想う尊さも、どうしようもなく胸の内を焦《こ》がす切なさも、冴霧を好きにならなければ、きっと知ることはなかっただろう。

けれど、こちらがいくら成長しても、冴霧はいっさい老けることなく美しいまま。

そうして彼が自分と異なる存在だと実感するたびに、真宵は臆病になってしまう。

だから、想いが欲しかった。

神様の——冴霧の、嘘偽りない心が、欲しかった。

ごぼり、ごぼり、口からこぼれる空気がとうとうなくなった。

水に溶けたいくつもの涙の雫《しずく》が、水泡と共に手の横をすり抜けて上っていく。

頭の深い部分に濃い霧がかかり、ますます意識が朦朧《もうろう》とし始める。

泉のなかにいるせいか、あるいは止まらぬ涙のせいか——ひどく視界が霞んで、あまりのつらさに体を縮こまらせる。

無情にも体はどんどん重くなってゆくばかりだ。

……これはもう、だめかもしれない。

いよいよ本格的に死を覚悟した、その刹那《せつな》——。

ぼしゃん！と、水面が激しく飛沫《しぶき》を上げ、波打った。

おびただしい量の水泡が浮き上がり、儚い神秘の光を纏いながら——まるで意思を持って泳いでいるかのように、どこか月の光に似た白銀が舞う。

（……嘘）

その瞳と目が合った瞬間、強く腰を引かれた真宵は一息に口を塞がれていた。

口づけされたのだと理解する間もなく、大量の空気と共にあふれんばかりの神力が流れ込んでくる。温かくて——けれど、根っこの部分は流氷のように冷たいそれ。

『本当におまえは目が離せないな、真宵』

意識が縁取られるように戻るのを感じながら、真宵は目を見開いた。

（冴霧、様……？）

混乱の最中で、ふたたび凛《りん》とした声が響く。

『しかし俺の花嫁《もの》に手を出すとは……――よほど殺されたいらしい』

夢ではない。

正真正銘、冴霧の声だ。

真宵を腕のなかに抱き込みながら、冴霧は泉の底に向かって静かに手を伸ばした。

その瞳に光はない。そこにあるのは、ただただ猛烈な怒りだった。

『ならば、お望み通りにしてやろう』

触れただけですべてを凍りつかせそうな声に反応を示したのか、真宵の腕飾りがバチンッと音を立てて弾け飛んだ。

同時に真宵は、体からなにかぬめついたものが抜け出たような感覚を覚える。

『ぐぁぁぁぁあああぁぁぁあ！』

頭のなかに獰猛《どうもう》な唸り声が轟《とどろ》き、思わずぎゅっと冴霧に抱きついた。

それをしっかりと片腕で抱き返しながら、冴霧はなにも見えない水底に向かっていっさいの感情なく言い放つ。

『――……消え失せろ』

その瞬間、水中に彷徨っていた鉱麗珠がすべて砂のように崩れ落ちていった。

それを最後まで見届けることなく、冴霧と真宵は勢いよく浮上する。

ザバリと激しい音を立てて、ふたりは泉から飛び出した。

「っ……！」

「お嬢っ！　主はんっ！」

「ご無事ですか⁉」

ひどく焦燥《しょうそう》の交じった声が耳に届いた。

一拍遅れてそれが赤羅と蒼爾のものだと認識したときには、手を伸ばした彼らに力づくで引っ張り上げられる。思いのほか勢いがついていたのか、その拍子に真宵は冴霧の腕から離れて赤羅の逞しい腕のなかへと飛び込んでいた。

「ゲホッゲホゲホゲホッ」

「ま、真宵さまっ……！」

白火が顔面蒼白で駆け寄ってくる。

視界の端におろおろしているのが見えたけれど、大量に水を飲んでしまっていた真宵はそれどころではなかった。水を吐き出しながら、体をくの字に折り曲げる。

尋常じゃないくらい、苦しい。

肺が圧迫されて今にも喉が擦り切れそうだ。

誰か助けて、と涙を滲ませた直後、かたわらから「貸せ」と低い声が響く。

それが冴霧のものだと認識すると同時に、ぐっと抱き上げられた。

「吐け」

冴霧は真宵をうつ伏せに抱えると、思いきり背中を叩いてくる。

「ゲホッ……ゴホッゴホッ」

その反動で体内に残っていた水がすべて吐き出された。

内臓が丸ごとひっくり返ったかと思った。鼻の奥がツンと鋭く痛んで、さすがに涙がこぼれ落ちる。あまりの息苦しさにあえぎながら、真宵はぐったりと脱力した。

（あ、荒療治……!!）

硝子屑《がらすくず》を詰め込んだかのように気管が軋み、酸素がうまく体内に入ってこない。

ああもう嫌だ。なんでこんなことに。

苦しいこと以外なにも考えられず、今にも途切れそうなか細い呼吸を繰り返していたら、冴霧に抱きかかえられたまま仰向けにされる。

ようやく開けた視界に、真宵と同じく全身びしょ濡れの冴霧が映った。

「……大丈夫だ。ゆっくり呼吸しろ、真宵」

「さ、ぎりさ……ま……」

「いい、しゃべるな。体力を温存しておけ。死ぬぞ」

今しがた助けられたばかりなのに、まだ死ぬのか。

もう最近それればっかりだ。そう思いながらも意識はずぶずぶと沈んでいく。

強烈な眠気に似た感覚に耐えきれず、真宵は瞼を下ろした。

「真宵さまっ!?」

「お嬢っ！　しっかりせんか、コラ！」

白火と赤羅の焦った声が耳に届くが、答えられるほどの気力も体力もない。

そんなふたりを遮るように、真宵を抱えたまま冴霧が立ち上がる。

「――蒼爾」

「はい」

「やつの正体を探れ。消し飛ばしたから実体はもうないが……身元だけ調べろ」

蒼爾が息を呑む。

「……承知しました。しかし主、お体は――」

「これくらいなんの問題もない」

冴霧が歩きだしたのか、体が揺れた。

ふわりと気品のある菊の花の香りが鼻腔を掠めて――一方でそこに混ざり込んだ違和感のある気配に、真宵はなんとか薄目を開けた。

昏い影を纏った冴霧とふたたび目が合う。

怒りが混じりながらも、先ほどとはどこか異なる悲しげな色を宿した瞳。

そう隠しようもない憂いを向けられると、さすがの真宵も心細くなってしまう。

（あなたに、そんな顔してほしくないのに……）

冴霧の冷たい指先が滑るように頬を撫でる。そのまま顔が近づいて、額にそっと唇が落とされた。

その瞬間、急速に意識が沈んでいく。

「今は眠れ、真宵」

待って、と声を発する間もなかった。

「──そう易々《やすやす》と、逝かせてたまるか」

意識が途切れる寸前、なんだかとても思い詰めているような声が聞こえた気がしたのは、はたして幻聴か……それとも。

第参幕　重ならぬ縁

「――……よもや、貴様から依頼を受ける日が来るとはな」

爽《さわ》やかな金髪をなびかせながら、端麗な男が腕を組んで現れる。

若竹柄の羽織が風に揺れ、いつにも増して妖艶な銀色の瞳が冴霧を捉えた。

場所は天照御殿の前。

待ち合わせにはもってこいな高天原一の有名所だ。

「そら、俺もまさかこんなことを頼む日が来るとは予想外だよ。――翡翠《ひすい》」

冴霧はふんと鼻を鳴らしながら彼を迎えた。

とはいっても、つい数刻前まで顔を合わせていた相手である。

なにかと腐れ縁で、立場は違えどそれなりに関わりは深い。人の子ならば〝親友〟とでも称するのだろうか。

なんにしろ、冴霧にとっては数少ない友と呼べる相手だ。

「それで？　急を要するというから、なにもかも放り出してきたんだが」

「急も急だ。待ちくたびれたぞ」

「無茶を言うな。官僚会議の途中で飛び出していったのはどこのどいつだ？　俺が庇ってやらんかったら、貴様今頃、神楽《かぐら》の野郎にペナルティを課せられてたぞ」

生理的に受けつけない嫌な名前が飛び出してきて、思わず顔を歪める。

やや投げやりに「その名前を出すな」と悪態をつきながら、粟立《あわだ》つ肌をさすった。

そんな冴霧を呆れたように見遣り、やつはひょいっと肩を竦める。

この男の名は、翡翠。かくりよの統隠局に所属する官僚のひとりだ。

官僚としては冴霧と同期で、神としてはどちらが長いか微妙なところだろうか。

知り合ったのは──さて、いつだったか？

（忘れたな。官僚になるずっと昔だったような気はするが）

翡翠は地上で縁結びの神として信仰の深い神である。正確には縁結びではなく、縁《えにし》そのものを司る神だが、神界でもそれなりに名を馳せている大神だ。

官僚業と神業のかたわらで、かくりよでは〝よろず屋〟を冠としたなんでも屋を経営しており、神々の間では変わり者として知られていた。

まあ変わり者同士、嫌みなものでなにかと気が合う。最近は互いに多忙を極めているためご無沙汰ではあるが、時間が合えばたまに晩酌をする仲でもあった。

「──……それより、冴霧。貴様、なにがあった？」

冴霧の無様ななりを見ながら、翡翠が怪訝そうな眼差しを向けてくる。

「なんだその神力の薄さと髪は。短時間で黒蝕《こくしょく》が進みすぎだろう。いったいなにをどうしたらそうなるんだ。まさか消えるつもりか？　自傷行為は感心しないな」

捲《まく》し立てるように言われ、自然と冴霧の口からは舌打ちが漏れる。

「そんなわけあるか。細かい話はまたあとだ。今は俺なんかより急患がいる」

「急患?」

「いいから来い」

そう一言発して、冴霧は踵を返しながら軽く地面を蹴った。

足先が地面から離れ、ふわりと体が宙に浮く。

そのまま勢いよく上昇するなかで、冴霧はなけなしの神力を全身に纏わせる。

神にしろ怪にしろ——それなりに大神や大妖と呼ばれる者たちならば、力を持って天翔《あまか》けることができるのだ。

無駄に敷地面積が広い天照御殿は、正直なところ飛んで渡った方が断然早い。

(ああ、そういや……)

昔、真宵がどうして自分は飛べないのかとぐずったことがあった。

そりゃあ人の子だからな、と答えた冴霧に、真宵はならなぜ自分は神様じゃないのか、と聞いてきて返答に窮したものである。

(……今も思っているんだろうな。なぜ自分は神じゃないのかって)

遅れることなくついてきた翡翠を一瞥し、冴霧は離れの玄関先に降り立った。

乱暴に玄関の扉を開けて、足早に寝室へ向かう。

律儀《りちぎ》に「邪魔するぞ」と言いながら部屋に入ってきた翡翠は、室内の様子を見るなり目を見張った。

「……ほう？　こりゃまた、思っていたよりも大事だな」

褥に寝かされているのは真宵だ。

そんな真宵に縋りつくように泣き咽《むせ》いでいるのは、子狐姿の白火。そばに控える赤羅も悲愴《ひそう》な面持ちで顔を俯けている。

まるで葬式のような雰囲気だ。真宵はまだ死んでいないというのに。

そうだ、死んでいない。ちゃんと呼吸をしているし、心臓だって動いている。

正直かろうじて、ではあるが。

「先刻、俺の真宵に手を出したやつがいてな。例の泉に引きずり込まれた」

「なんだって？　まさか流獄泉か？」

「あぁ」

翡翠はぎょっとしたように目を剥いたあと、冴霧を頭の先から爪先まで食い入るように観察する。表面上ではなく、内部を探る目だ。

やがてすべてを察したのか、苦虫を噛み潰したような顔で深く息を吐いた。

「……消したのか」

「当たり前だろ」

冴霧は吐き捨てるように答えた。

今でも腸《はらわた》が煮えくり返って仕方がない。やつは存在ごと消し去ったが、この怒りを向ける先がないというのは、なかなか感情の消化に困る。

「なんだ、文句あるか？　おまえだって嫁に手を出されたら、消すだろ」

「当然だ」

「は、即答かよ」

真顔で返答してきた翡翠に、なかば同類嫌悪を覚えた。

冴霧は立場上、なにかと神々から忌避されがちな存在だ。それは生まれながらに致し方ない。だが、この男は単純に〝怒らせたらやばい〟タイプの神であった。

「いや……消すどころか、末代まで呪ってやるかもしれんがな」

ぼそりとつぶやかれた言葉に、冴霧は静かに引いた。

柳のように涼しい顔の下に息を潜めるのは、とんでもなく闇深い裏の顔。

はたして、この男の嫁はそれを知っているのか。

（……ま、神は都合の悪い面は隠すものだが）

ふたたび舌打ちを漏らしながら、冴霧は真宵のそばにどかりと腰を下ろす。

さすがに服は着替えたが、いまだに髪は湿っており、気持ちが悪い。

すると、前触れなく白火がぼふんと音を立てて人の姿へ変化した。その顔は、涙なのか鼻水なのかわからなくなるくらいにぐしゃぐしゃだ。

思わず「うげ」と引きつった声が出る。

「ぞぢらはどなたですが……っ？」

「いけすかんが、悪いやつじゃない。俺が呼んだんだ」

「もっとまともな紹介をしないか、阿呆」

　眉間を揉《も》みながら、翡翠が憎々しげに睨んでくる。

「翡翠だ。縁を司る神で、かくりよではよろず屋を――」

「つか汚いぞ。ほら、拭いてやるからこっち来い。坊主」

　厳かに自己紹介を繰り出す翡翠の声をためらいなく遮って、冴霧が白火を呼ぶ。

「……貴様はなんだ、俺に恨みでもあるのか？」

「別に。虫の居所が悪いだけだ」

　泣きすぎてまともに頭が働いていないのか、白火は素直に冴霧の隣に座った。

　ティッシュを引っ掴んで、ひとまず鼻をちーん。

　さらに新しい一枚で涙を拭ってやる。

　そんな甲斐甲斐《かいがい》しさを気味悪そうに見据えながら、翡翠が鼻白んだ。

「ったく……。にしても手慣れてるな。いつの間に子ども作ったんだ、冴霧」

「は、俺の子なわけ……いや、待てよ。真宵と結婚したらそうなるのか？」

「なんだ、連れ子婚か。やるじゃないか」

　翡翠は軽妙に答えながら、真宵を挟んだ向かい側に座り込む。

「違いますよっ！　ぼくは神使だって言ってるじゃないですかあっ！」

神使と言えるほどなにか仕事してたか？と冴霧は内心思ったが、口には出さない。

今はそれどころではないのだ。

「それで、俺に彼女のなにを診ろと？　いくらよろず屋とはいえ、さすがに医者の真似ごとはできんぞ」

「調べてほしいのは〝縁〟の方だ。専門分野だろ」

翡翠は器用に片眉を吊り上げて「ほう」と腕を組んだ。

詳しく説明しろということらしい。

「こいつを泉に引きずり込もうとしたやつは、怒りに任せて消したからな。それの身元は蒼爾に調べさせてるが……まあ、そこはいい。おそらく今回の件には〝他にも関わってるやつ〟がいる。そいつの手がかり――というよりは、確証が欲しい」

「その言い草からすると、すでに根拠はあるんだな？」

「高天原にも昇れないような罪神が、そう簡単に真宵に干渉できると思うか？」

真宵には鬼たちをつけていた。冴霧の従者たちは決して無能ではない。なにかしらの兆しが窺えれば、確実にそれを食い止めていたはずなのだ。

にもかかわらず、事件が起きた。

本来なら、深夜にひとり真宵が動きだせば五感の鋭い鬼たちがすぐに気がつく。

しかし、鬼たちの話によれば、真宵がいなくなったと気づいたのは玄関の扉が閉まる音がしたからだという。つまりそれは、真宵の動きを察知できていなかったということ。鬼の察知能力を鈍らせるなにかがあった、と考えるのが妥当だろう。

「真宵の力を狙う神は大勢いる。こいつは神々の宝そのものだからな」

「……清めの巫女か」

「ああ。そりゃこれまでも無理やり真宵を手に入れようとしてきたやつはいたさ。なにも今に始まったことじゃない。ただ、今回はわけが違うんだよ」

ちなみに、と翡翠がなかば諦めたように目を眇《すが》めて重々しく口を開く。

「そいつらは消したのか」

「無論」

はぁぁぁぁ、と。肺の息をすべて吐き出すかのごとく、翡翠が大きく嘆息した。

何度このやり取りを繰り返したら気が済むのだろうか。

消したものは消した。

なぜならそれが、冴霧の〝仕事〟だからだ。

それ以外に理由などない。

「なぜそれほどの穢れを負いながら自我を保てるのか、という疑問はあとにするが。つまるところ、彼女を取り巻く縁から怪しいモノを探せと言いたいんだな？」

「できるか？」

「できなくはない。だが、そう簡単なことでもないな」

翡翠は真宵の額にそっと触れようとして——ぴたりと動きを止めた。

目線だけこちらに流しながら「一応確認しておくが」と慎重に前置きする。

「彼女に触れるのは〝視る〟ためだ。怒るなよ。俺にはすでに愛しの嫁がいるからな」

「いちいち確認するな。鬱陶《うっとう》しい」

やれやれ、と肩を竦めながら、今度こそ真宵の額に触れる翡翠。

了承しておきながら、やっぱりすべて片づいたら一発殴ろうかと冴霧が考えていると、翡翠はふっと表情を消した。キン、と一瞬にして空気が静まり返る。

「…………」

どうにも嫌な予感がした。

「おい、なんかわかったのか」

翡翠は意味深に黙りこくったまま、おもむろに手を離して思案げに考え込む。

冴霧と白火は思わず顔を見合わせた。

先ほど拭いてやったばかりなのに、白火の顔はまたもや涙でぐしょぐしょに濡れている。どうやら涙腺《るいせん》がバカになってしまったらしい。

「……ひとつ聞くが」

やがて、絞り出すように翡翠が口を開く。

「彼女は〝生者〟か？」

その途端「はあっ？」と素っ頓狂な声を返したのは冴霧ではない。それまで大人しく様子を見守っていた赤羅だ。

思わずといったように翡翠の胸ぐらを掴み上げると、彼は次の瞬間「なに言うてんねん！」と鼻息荒く怒号をあげた。あまりの咆哮《ほうこう》に窓がびりびりと震動する。

「いくら翡翠様でも今のはあかんで！　生きとるに決まっとるやろうがっ！」

「やめろ、赤羅」

「でも主はんっ！　お嬢のことまるで死んでるみたいな言い方したんやで⁉」

「いいから、やめろ」

数トーン低い声で睥睨《へいげい》すれば、赤羅はびくりと体を震わせる。

おずおずと翡翠から手を離すが、まだ悔しそうにギリッと奥歯を噛みしめた。

──もちろん、赤羅の気持ちも理解できる。

今の発言が翡翠から出たものでなければ、冴霧とて容赦なく消し飛ばしていた。

「……悪いな。ま、こいつらに悟れって方が無理だ」

ここでいう〝生者〟とは、おそらく赤羅の考えているような意味ではない。

かたわらで毛を逆立て今にも飛びかかっていきそうな白火を、ひとまず腕のなかに抱え上げた。これ以上、話をややこしくされても困る。

「翡翠よ。その質問じゃ、俺は肯定も否定もできんぞ。おまえの言う〝生〟ってのはどの部分だ。俺の想像が正しいなら、そもそも答えはないがな」

「……なるほど。いい、今のでわかった」

翡翠はとくに怒ることもなく乱れた着物を正しながら、難しい顔で続ける。

「さしずめ運命を捻じ曲げた反動ってところか。すまないが冴霧、なにも視えん」

「詳しく」

「そのままだ。視えない、というよりは視るものがないという方が正しいか」

翡翠はふたたび「誤解するなよ」と律儀に言い添えてから、真宵の胸の上あたりへ手をかざして目を閉じた。ふわっと微かに翡翠の神力があたりに漂う。

「やはりな。――彼女には〝縁〟がない」

「はあ？　縁が……って、そんなこと有り得るのか？」

「いいや。俺も長く神をやっているが、こんなことは初めてだ」

縁に通暁《つうぎょう》する翡翠が、こんなことを冗談で言うはずもない。

「……つまりなんだ。真宵は特殊なのか？」

「特殊、か。まあそうだな。初めからこうだったわけではないだろうが」

「もったいぶるなよ」

翡翠は冴霧から目を逸らしながら、不快気に鼻を鳴らした。

よろず屋の仕事ゆえか、あまり感情を乱さない翡翠にしては珍しい反応だ。

「本来は〝死んでいた〟はずの命——その運命を、神々の力で無理やり捻じ曲げた、ひどく異質で、歪んだ存在。それがこの娘、真宵嬢だろう？」

「……どこで聞いた」

「よろず屋の情報網を舐めるな、と言いたいところだが、幾久しく神をやっていればそれくらい想像がつく。彼女が現れたときは、かくりよでも大騒ぎだったからな」

当時、白火はまだ生まれていなかったから知らないのだろう。いまいち意味が呑み込めないのか、きょろきょろと視線を彷徨わせて戸惑った顔をしている。

しかし、残念ながらその通りだ。

（神々でもそこまでつぶさに知っているのは、ごく少数なはずなんだがな）

答え淀《よど》みながら、冴霧はどうしたものかと天を仰ぐ。

「彼女は運命上、すでに〝死者〟だ。従って魂もな。だというのに、歪にも体だけは死んでいない。分離した魂を神力で無理やり繋ぎとめている状態だろう」

「……そこまでわかるのか？　縁ってもんは」

「縁というよりは魂だな。俺はある程度、魂の形を視ることができるんだ」

さらっととんでもないことを言ってくれる、と心中で毒づく。

魂の形を視るなど、天照大神ほどの大神でなければ不可能だ。冴霧とて、その質こそ感じられても形をなぞることはできない。

(やはり、解せんな。なにゆえ下界でよろず屋なんぞしてるんだ、こいつ)

神力量から鑑《かんが》みても、高天原に昇れば確実に天神会の上層部に値する神だろう。なのに、この男は昔からそれを頑なに拒み続けている。宝の持ち腐れだ。だからいけ好かないと他の神々から毛嫌いされるのだというのに。

「十九にもなる人の子なら、縁が空っぽの魂など有り得ない。生かすために力づくで嵌《は》め込んでいるから、こういう無残なことになる。まったく痛々しい」

縁など見えない者からすれば、それがいったいどのような状態なのか想像もしにくいが——。無残とは、そこまで哀れな状態になっているのだろうか。

「俺がなにを言ったところで、当時の決定は覆《くつがえ》らなかっただろうが……正直、嫌悪を覚えるな。歪めた魂は、もう輪廻転生も叶わないというのに」

(——ああ、高天原のこういうところが嫌なのか。やつは)

縁を繋ぐ役割を担う翡翠は、他の神々よりも〝人の子〟に情がある。人を知り、人の在り方を受け入れているからこそ、己も含めた神々との違いを嫌悪していた。

神々は常に利己的で、人と比べれば思いやりの心などないにも等しい。

寿命の概念がない神々は……大切な者が〝死ぬ〟悲しみを、知らないから。

そんな無常極まりない神々が住まう高天原を避けるのは、当然といえば当然なのだろう。変わり者扱いされてもなお、この男は〝人〟を選んだ神なのだ。

「相も変わらず、神に向いてないな。おまえは」

「貴様もだろう」

「いんや？　俺は根っから、こっち側だよ」

同じ〝人の子〟を愛してしまった者同士、失うことの痛みや恐怖は通ずるところがあるのかもしれない。だが、冴霧は翡翠とは違う。根本的に。

（ま、優しさだけでできた男に天神会の仕事は酷か）

とりわけ、冴霧が背負っているようなものは。

「……それにしても、これでよく死ななかったな」

しみじみとそうつぶやく翡翠に、冴霧は口には出さず同意する。

現在真宵の魂を体にとどめている神力は、この十九年で真宵自身が体内に溜め込んできた神力と、高天原に満ちる自然の神力のみで補われている。

先ほど応急処置で冴霧の神力を流し込んだが、契りでも加護でもないものは雀《すずめ》の涙ほどの効果しかもたらさない。

天利が真宵に施していた加護は、それほど真宵の命を繋ぐために欠かせないものだったのだ。

（あれほど急速に穢れを負いながら、十九年も耐えたのは最高神ゆえだな。俺なら五年――いや、仕事のことも考えれば二年ってとこか？）

一口に加護と言っても、そう容易にできるものではない。契りを交わさずに業務外で一定量の神力を与え続けるのは、最高神にしか請け負えない仕事だった。

彼女が真宵の義母になったのも、それが大きな理由である。

（ああ……その努力を、よくも無駄にしてくれたな）

冴霧は先ほどのことを思い出して、ふたたび不快感が舞い戻ってくる。

「ところで貴様……かくりよにいたにもかかわらず、なぜ気づいた？」

「護衛につけていた赤羅たちが知らせてきたんだよ。真宵がいなくなったってな」

主従の契りを交わしている冴霧と鬼たちは、離れていても意思疎通ができるようになっている。心通《しんつう》――いわゆるテレパシーのようなものだ。

契りを交わしている限り、心通に限りはない。ゆえに、今回のようにどうしても自分がそばにいられないときは、鬼たちを真宵のもとに置くようにしていた。

一緒に過ごしてはいなくとも、いつでも助けることが可能な距離に。

ただ、今回はどうにも嫌な予感がしたのだ。

だからこそ、片ときも離れず、泊まり込みでそばにいるよう命じたわけだが。

（まったく。当たってほしくない勘ばかり当たりやがる）

今となっては英断だったと言える。鬼たちに任せていた仕事をすべて後回しにしてまで真宵を選んだおかげで、なんとか手遅れにならず助けられたのだから。

まあ、他にも理由はあるのだが。

「実のところ、真宵の神力の減りが予定より早くてな」

「ふむ。というと？」

「俺の計算では、天利の加護を失った真宵が存在を保てなくなるまで二年の猶予があるはずだった。だが、二週間ほど前の時点で残りはせいぜい半年持つか否か、というところまで減っていた。ようは、一年分、減りが早い」

それはどう考えても異常で、冴霧にとっても想定外の事態だった。

「原因の推測はできているのか」

「ああ、おそらく霊力だ。真宵が持つ膨大な霊力は、生命力に直結しているからな。神力の減りも抑えてくれている。ゆえにここが揺らげば、万が一、計算狂いが起きてもおかしくない。ただその揺らぎの方の原因が――おい、坊主？」

腕のなかの白火の顔が真っ青なことに気づいて、冴霧は怪訝に思い覗き込む。

「……その顔、もしやなにか心当たりがあるな？」

「ひえっ……い、いえ……なんでもないですっ」

「言え。消すぞ」

白火はぶわわわっと尻尾の毛を逆立てた。

さすがに冗談だが、これまでの会話から冴霧が本気で〝消す〟と思ったのだろう。

途端、びゃあっと泣きだした。

「はぁ……小さい子どもを泣かせるな、冴霧。いい歳して大人げない」

「あいにく、どこかの誰かさんと違って子持ちじゃないもんでな」

翡翠には娘もいる。わけありの里子で血縁関係こそないものの、それはもう目に入れても痛くないほど溺愛しているのだ。口を開けば嫁自慢か娘自慢しかしない。

最近、晩酌がご無沙汰になった原因のひとつでもある。

「主君の命がかかってんだ。言えよ、坊主」

「で、でも……真宵さまに言うなって……」

「その真宵さまが死んでもいいのか、おまえは」

ぶんぶんぶんっと白火が引きちぎれんばかりに首を振る。

相変わらず顔はびちゃびちゃで、危うく服に鼻水がつきかけた。

先日、唐突に『涙と鼻水で犠牲になった羽織を新調したいのですが』とわざわざ心通してきた蒼爾を思い出した。

なるほど、こういうことか。わかりたくなかった。

「ったく泣き虫め。ほら、真宵には俺から事情を説明してやるから言え」

意識して声音柔らかく諭すと、白火はようやく観念したのか、耳を垂らして項垂れた。もにょもにょと口を動かしてから、意を決したように顔を上げる。

「真宵さまは……その、儀式をしているのです」

「儀式？」

「は、はい。週に一度、天岩戸の前で」

天岩戸――？

なぜそこで天岩戸が、と意味を図りかねて、冴霧は翡翠と視線を交わし合う。

「真宵さまは天利さまの穢れを祓う手伝いがしたいと、天岩戸越しに浄化の儀式をしているのです。そうしたら、少しだけ目覚めるのが早くなるかもしれないって……」

「はあああ？」

面食らうを通り越して度肝を抜かれながら、冴霧は双眸《そうぼう》をひん剥いた。

（……浄化の儀式だと？　あの霊力を阿呆ほど消費するやつか？）

「ぼっ、ぼくも止めてるんです！　浄化の儀式は霊力の消費量はさることながら、お体の負担も大きいから……っ！　でも、でも、真宵さまはっ」

それが無意味だとしっかり理解していながら、なおやめないのだ、と。

白火は冴霧の腕から抜け出して、真宵の布団に顔を擦りつけながら嘆いた。

今度は布団が涙と鼻水の犠牲になったが、ひとまず置いておこう。

「……なるほど。そんなことをしていれば、そりゃあ神力の減りも早くなるというものだ。冴霧に負けず劣らずの自傷行為じゃないか。仲がよいことだな」

「いちいち突っかかるなよ。おまえこそ俺に恨みでもあるんじゃないのか」

なんなんだ。なぜそんなことをする必要がある。それで仮に天利の目覚めが多少早くなったとしても、人である真宵が彼女と再会できる可能性はないに等しいのに。

だって人は、せいぜい百年足らずしか生きないではないか。

(それどころか……明日の命も危ういやつが。いったいなんのつもりだ)

ああ、わからない。

なぜ真宵はこうも生きようとしないのか、冴霧はもうずっと暗《く》れ惑《まど》うばかりだ。

何度求婚しても断られる。死にたいのかと脅しても、平気な顔で気にするなと抜かしてくる。挙句の果てに、こうも死に急ぐようなことばかり。

「——クソッ!」

ダンッと地面を踏み荒らしながら立ち上がる。

そのままやりきれない思いを拳に握りしめて、硬い漆の壁に叩きつけた。

当然手の甲が傷つくが、そうしないと周囲のものを手あたり次第、無に還してしまいそうだった。

以前より遥かに黒く染まった三つ編みが舞い上がって視界の端に揺れるが、もはや気にもしない。どうせ最後には、すべて染まるのだ。

「……ま、真宵さまは」

ぐずぐず鼻をすすりながら白火が起き上がり、懸命に泣くのをこらえた顔で冴霧の方を振り返る。

まだ子どもの、幼子同然の瞳が、色濃い不安と不満に染まっていた。

「真宵さまは言ってました。冴霧さまがなにも言ってくれないのがつらいんだって」

「あ？　俺は何度も求婚してるだろ」

「そうではなくっ！」

白火はきゅっと顔を歪めて、冴霧を睨む。

「あなたさまが、ご自分のことをなにも真宵さまに明かさないから……！」

怒りと、悲しみと、苦しみが浮かぶ目。子どもに睨まれたところで痛くも痒《かゆ》くもないはずなのに、なぜかその瞳は冴霧の胸に鋭く突き刺さった。

「真宵さまはいつだって、寂しがっておられるんですっ！」

「さみ、しい？」

「なんで、なんでわからないんですかぁ……っ」

すべてを知っているからこそ――行き着く先が幸せな場所ではないと理解しているからこそ、真宵にはなにも言わないでやってきた。

自分のことも。真宵自身のことも。

それが彼女を傷つけないために必要なことだと判断していたし、冴霧自身も汚れきった己の部分を見せるのは死んでも嫌だった。

そんなものを見せたところでなんになる。嫌われこそすれ、得られるものなどなにもない。怖がらせるようなことを、あえて明かす必要などないではないか。

そう、思っていた。

「……あんなぁ？」

そこで遠慮がちに口を開いたのは赤羅だ。

赤羅は彷徨うように視線を巡らせて、情けなく眉尻を下げながら胡坐をかいた爪先を手で掴む。いつもの快活そうな相貌は鳴りを潜めていた。

「お嬢な。ちゃあんと主はんのこと、好きなんやで」

「……んだそれは。本人から聞いたのか」

「うん。せやけど……好きやからこそ、そばにいるのはつらいって。本当の主はんに触れられないのに一緒にいるのはつらいって、そうも言うとった」

赤羅は真宵に「堪忍なぁ」と謝り、こちらに困ったような顔を向けてきた。

髪より若干明るい、楓の葉に似た梔子色の瞳が、ゆらゆらと左右に揺れる。

「オレから言うのはどうかとも思ったんやけど、主はん気づきそうもないしな。オレもお嬢の口から聞くまで、そんなの思いもせえへんかったし」

「……つまりどういうことだ」

「ん～～～……やからなぁ、主はんがよかれとして置いてた〝距離〟があかんかったんよ。それがお嬢にとってはなによりの拒絶で、途方もない壁やったんや」

赤羅が唸る。

「そんな状態やったら、そらあ好きって気持ちも伝わらんよ」

ぽつりとつぶやき、「これ以上は言えん！」と頭を抱え込んでうしろを向いてしまった。その巨躯には似合わない仕草だが、冴霧は茫然とその背中を見る。

（……距離は必要だろうが）

大切だからこそ、愛しているからこそ立ち入られたくない領域もある。

冴霧にとってはただの汚点に過ぎない。明かしたところで真宵を傷つけるだけだ。

わかっているのにどうして、こんなにも胸がざわつくのだろう。

「……冴霧。人というのは存外厄介なものなんだ」

成り行きを黙って見守っていた翡翠が、ため息と共にぽつりと口を開いた。

「人は論を持って物事を図ろうとする一方で、情に流されやすい。余計なことに首を突っ込むなと言っても無駄だ。そこになにかしらの思いが生まれてしまえば、たとえ利などなくても平気で己を犠牲にする。人とはそういう愚かな生き物だ」

「……知ったような口ぶりだな」

「知ったのさ。つい最近、嫌というほどな」

嫁か、と冴霧は辟易しながら息を吐き出す。

翡翠の嫁も人の子だ。会ったことはないが、風の噂で先日かくりよを騒がせていた中心人物だとは聞いていた。この翡翠があまりにも遠い目をして話すから、おそらく相当な問題児なのだろうなと察する。

「しかし、不思議とそれがいじらしくて……」

「惚気はいい。つまるところ、なにが言いたいんだよ」

「だから、人の子を嫁にもらう気なら相応の覚悟をしろと。己のすべてを打ち明ける勢いでぶつからなければ、人は心を開いてくれない。貴様のなかにある価値観を当然だと思っていたら、簡単に取り逃がすぞ」

翡翠は真宵の顔にかかる髪を指先で払いながら、冴霧に鋭い眼差しを向けた。

「覚悟を決めろ。この娘が冴霧を想う限り、救えるのは貴様しかいないんだ。──そして貴様のことを救えるのも、もはや彼女だけだろう？」

「っ……」

「手遅れ寸前なのは貴様も同様だ。互いに妙な意地を張ってすれ違っている間にどちらも犠牲になるなど、あまりにバカバカしい。俺はそう思うがな」

簡単に言ってくれる、と冴霧は滅入りながら頭をガシガシとかいた。

……ならば言えと？　この穢れきった自分を見せろと？

それができていたら、こんなに苦労はしていない。

真宵と出会ってから十九年。神にとっては、よもや吐息程度の短い年月。

にもかかわらず、あまりにも長く感じたのは、他でもない真宵がいたから。

──限られた時間を大事にしようと、そう思わせてくれる存在があったからだ。

懸想、などとは生ぬるい。

冴霧は心の底から、真宵を愛している。

この想いに嘘はない。神とてときには恋もする。人を愛することもある。

そこまでわかっているのに、この拗らせ具合はなんなのだ。

なにもかも順調だったはずが、どうしてこんなことになっている。

理解できない。考えても考えても、そうなった要因が掴みきれぬままだ。

「流獄泉に神力を削り取られた分、もう真宵嬢には時間の猶予がない。今回の一件に関しては俺も調査に協力してやるから、貴様はひとまず結婚の了承をもらうことに専念しろ。双方の同意がなければ魂の契りは不可能だぞ」

「っ……わかってる。悪いな、翡翠」

「なに、乗りかかった船だ。どうにも嫌な予感もするしな」

よろず屋の勘というやつか。

翡翠はやれやれと肩を竦めながら袖を払い、優雅な所作で立ち上がった。

ふわりと鼻腔を掠めた柑橘《かんきつ》系の香りに、奇しくも邪は混ざっていない。

健全なやつめ、と内心で毒を吐き捨てる。

「それに、正式に契りを交わす際は俺が縁を繋ぐ手助けをする必要があるだろう？」

「そうなのか？」

「ただの契りではないからな。ただでさえ不安定な状態ならば万全を期すべきだ」

はあ、と冴霧はまじまじ翡翠を見た。

「おまえって、引くほどお人好しだな。人じゃないくせに」

「やかましい」

「みさかいなく手を貸して、嫁に逃げられるなよ？」

笑いぐさだと言わんばかりに、翡翠は形のよい口端を上げた。

「俺と真澄《ますみ》はそんな甘っちょろい関係じゃない。相思相愛だからな」

真澄、とは嫁の名か。

「そうかよ。そりゃよかったな」

「すべて片づいたら酒を片手に惚気でも聞いてくれ」

恐ろしいほど開き直っている。まるで自分を見ているような気分になり、冴霧はげえっと身震いしながら後ずさった。やはり同族嫌悪か、これは。

「惣気VS惣気ってか？　ふざけるな、酒が不味《まず》くなる」

「そうか？　むしろ美味《うま》くなるだろう」

「俺は自分が惣気てりゃいいんだよ。ツマミにもならん」

それは残念だ、と翡翠が心底残念じゃなさそうに喉を鳴らして笑った。

こういう叩けば鳴るようなやり取りは、出会った頃からまったく変わらない。

不思議と心地がよくて、荒《すさ》んだ心が次第に凪いでいく。

ああ——あと何回、こうして戯《たわむ》れられるのか。

（……俺がうしろ向きになるなんざ、らしくないな）

今はそれよりも、早急に手をつけなければならないことがある。

翡翠の言う通り、時間がないのだ。

真宵にも、そして冴霧にも。

そのときだった。

「……あの……」

かろうじてだが、たしかに耳朶を掠めた小さな声。その場の全員が弾かれたように振り返り、褥に深く沈んだままの彼女に注目した。

「……うるさいんですけど……」

いつの間にか目覚めていた渦中の娘――真宵は、それはそれは迷惑そうな表情を浮かべていた。歳のわりにあどけない容貌は、如何せん不服そうだった。

ぐったりとした様子は変わらずだが、先ほどまで長く影を落としていた睫毛はたしかに上を向いている。どうやら意識ははっきりしているらしい。

(……まったく。昔から心配ばかりかけやがる娘だよ、おまえは)

薄く開けられた目から覗く黒曜石の瞳が冴霧を捉えた。同時に、狼狽えるようにそれが揺れる。不安、不満、困惑――さまざまな感情が入り乱れた目だ。

血のように駆け巡る安堵を押し込めて、冴霧は自分を叱咤《しった》する。

守る。

そう決めたのだ。

十九年前のあの日、この腕に真宵を抱いたときに。

(ああ……そんなおまえにかける覚悟なら、俺もとうにできているが)

冴霧は縹色の羽織を翻《ひるがえ》し、真宵のもとへ歩み寄りながら、もう一度決意する。

この先なにが待ち受けようが、おまえだけは救ってみせる。

だから、死ぬな。

生きてくれ。

――真宵。

◇

なんの話？と真宵はたいそう困惑しながら思った。

人が深く眠っているというのに遠慮のえの字もない。なんやかんやと騒ぎ立てる彼らに心の底から呆れながら、しかしまだ生きているのだと実感して。

それがなんだか無性に、安堵と落胆を生んだ。鈍く痛む頭に響いて仕方ない。

「……あの……」

重い瞼を持ち上げて小さく声をあげれば、皆がいっせいに真宵の方を振り返る。

ズキン、ズキン、と波打つ頭を押さえながら、真宵は目線だけ動かす。

腕を上げるのも精一杯なくらいだった。体が鉛《なまり》のように重い。

（そもそも私、どうしてこんな状態になってるんだっけ……）

ひどく記憶が混濁《こんだく》していた。なぜ自分は寝ているのか。なぜこんなにも囲まれているのか。理解が追いつかない。あまりに気怠《けだる》くて、思考がうまく働かない。

ただ、そう、とにかく。

「……うるさいんですけど……」

なんとか絞り出した声に、彼らは一瞬ピシリと空気もろとも固まった。

そんななか、最初に我に返り率先して動きを見せたのは、やはり冴霧だった。

すぐさま褥のそばに膝をつき、なんの断りもなく首筋に触れてくる。

いつも以上に冷たく感じる指先に、意図せず体がぴくりと揺れた。

戸惑いながら見返せば、冴霧はわずかに双眸を眇める。

「目が覚めたか。どこか不調は？」

「……え、と……全部、怠いです。頭も痛い……」

「だろうな」

そう真剣な面持ちを向けられたら、反論の言葉も出てこない。ただ黙って身を任せていると、そっと手を離した冴霧はまっすぐに真宵を見据えて──告げた。

「俺の嫁に来い、真宵」

「お断りします」

もはや条件反射である。

思考よりも先に自然と飛び出していた拒絶。これには真宵自身も驚いた。

我ながら、この文言が染みつきすぎたらしい。

冴霧は顔を歪めて真宵を凝視してくる。それはもう食い入るように、正気か？と雄弁に語る目。いかにも異様なものを見るような視線に、真宵は気まずさを覚える。

「なんでだよ」

「なんでもなにも……人が弱ってるところにつけ込もうとしないでください」

「そうだ、弱ってるんだ。死にたいのか」

この男、口を開けば求婚か脅ししか出てこないな。

ついつい冷めた目を向けてしまいながら、真宵は冴霧の言葉を舌の上で転がす。

（でも、今回ばかりは……いつものからかいでも脅しでもないのかも）

実際、体は死にそうなほど怠く、心なしか呼吸もしづらい。

これ以上、言い返す気力も湧かないほどだ。

とはいえ、こう切羽詰まりながら、婚姻を結ぶ選択を取らない自分もたいがいだろうか。死を恐れていないわけではないけれど、やはりそれは、選べない。

（いっそ……結婚してから、好きになってもらうとか……）

いや、さすがにそれは血迷いすぎか。

取り返しのつかない契りを見切り発車で交わせば、のちのち絶対に後悔する。

だめだ。頭がうまく回らないせいで、どうにも思考がまとまらない。これは真剣にまずい。気を抜いたら変なことを口走ってしまいそうだ。

──ところで。

（……誰、だろう……）

気づいてはいたが、冴霧のうしろでふたりのやりとりを見守っている男が先ほどから額を押さえて呻いている。

おずおずと視線を向けると、不思議な形をした銀色の瞳がこちらを向いた。

彼のあまりの美丈夫さに、ついドキリと心臓が音を立てる。

「可哀想にな。――ったく寝起きに求婚するやつがあるか、阿呆め」

次いだその一言で、真宵の心が浮き足立った。

この方は通常の感覚がわかる神様だ、と。

その通りだ。挨拶代わりに求婚してくるような男はおかしい。

久しく共感してもらえなかった思いを拾ってもらえたことが嬉しくて、俄然《がぜん》彼に興味が湧く。表情に出す元気はないものの、内心はとても華やいでいた。

初対面には違いないが、雰囲気や身なりからしても位の高い神なのだろう。

均整の取れた長身の体躯、春の日差しを彷彿とさせる柔らかい黄金の髪、呆れに歪ませた顔でさえ様になる端麗な容姿――。

冴霧が神秘的な美しさなら、彼は雅な美しさだ。

どうして高貴な神々は、こうも美麗なモノが多いのか。

(それにしても、冴霧様に向かって阿呆って……本当に何者?)

真宵が小首を傾げている間も、神々の軽快なやり取りは続く。

「だから振られるんだ。本気で落とすつもりならもっと真剣に向き合え。まずは誠心誠意、全力で口説き落とすところから始めたらどうだ？」

「んなの、はなからやってる。だというのに、こいつは一向に落ちやがらん」

「わかってないな……。いいか、貴様はとにかく順序を考えて行動しろ。最悪脅せばいいとか思っている節があるだろう。そういうところだぞ」

「はん。結果的にそうなるなら同じことだろ」

「違う。人の子は結果より過程を気にする生き物だ。たとえ結果が同じでも、間違いなくその後に響く。せっかく結婚できても熟年離婚に発展しかねないからな」

「なんだそれ、面倒だな」

「ああ、面倒なんだ。しかしそれが癖になる」

――冴霧も相当な変わり者だが、この神様からも同じ香りがしてきた。

華やいでいたはずの気持ちがすっと冷めていくのを感じる。

（真面目な顔でなに言ってるのかな、この神様たち……）

神様、物の怪、人の子。どの種族も核――いわゆる本質の部分で性質が異なるという。種族間において、根本的な価値観のすれ違いが起きるのはこのためだ。

高天原で育った真宵は、この十九年で自分の異質さには気づいている。これに関しては〝そういうものだと思うしかない〟という諦観さえあった。

だって、この世界のモノではないのは、真宵の方だから。

けれども、さすがにここまで見抜かれているといたたまれない。

「騒がしくてすまんな、真宵嬢。俺の名は翡翠という。冴霧とは腐れ縁の朋友で、まあ、遥か昔からこうなんだ。色事にはてんで疎《うと》い。許してやってくれ」

「なんでおまえが謝るんだよ。母親か」

「勘弁してくれ。貴様のような可愛げのない子どもなどこちらから願い下げだ」

ああ仲がよいのだな、と真宵はなかば保護者に近い気分で納得した。

冴霧がここまで自分をさらけ出してしゃべる相手は珍しい。基本的に彼は他者に興味がないため、必要ないと判断すれば顔も名前も一瞬で忘れかねない男だ。

その冴霧がこうして——おそらくは、真宵のために頼った相手。

友。

そう呼べる相手が冴霧にもいたのだと思うと、無性に感極まってしまう。

「翡翠様は神様、ですよね？」

「ああ、縁を司る神として知られている。もっとも、俺の定住地はかくりよでな。高天原には、よほどのことがない限り昇ってこないんだが」

かくりよ。

そう聞くと一瞬、流獄泉から流された罪神かと疑ってしまうが、もしそうなら今ここにはいないだろう。一度流された罪神は、そう容易に高天原に戻ってくることはできないから。

　つまり、好んでかくりよに移り住んでいるのか。

　そんな真宵の疑問を察したのか、翡翠は苦笑する。

「体質的にどうも高天原の空気は合わなくてな。ちなみに向こうでは柳翠堂《りゅうすいどう》という
よろず屋の店主でもある。なにか依頼があればある程度のことなら請け負うぞ」

「よろず屋……」

「変態だろ？」と、冴霧がここぞとばかりに横槍を入れてくる。

　そんな友に苛立《いらだ》ったのか、翡翠が真顔で身を翻したかと思うと、冴霧の横っ腹に容
赦ない足蹴りをかました。

「ぐっ……なにしやがる！」

「やかましい口があったもんでな」

「ああ!?」

「――あぁ、ごほん。まぁいずれ機会があれば遊びに来るといい。うちには真宵嬢と
同じ人の子の娘がいるんだ。歳は……ああ、うちのが上か。なにかと面倒見がいいか
ら、きっと君のことも妹のように可愛がると思うぞ」

　人の子、という言葉に目が丸くなる。

「かくりよに、人がいるんですか？　私と同じ？」

「珍しくはあるがな。もともとはうつしよに住んでいたし、正式に越してきてからはまだ一年も経っていない。今は絶賛花嫁修業中だ」

「花嫁、修業」

真宵は呆気に取られて、ぽかんと口を開けた。

話の急展開についていけない。

かくりよに人の子がいるという時点で初耳なのに、まさかの嫁宣言――?

(え、嘘。待って。私以外にも神様の花嫁になった人の子がいるの?)

それは、なんだ。つまり魂の契りを交わしたと――そういうことなのだろうか。

「ふむ。なにか気になるという顔だな」

「っ、はい。あの、契りは……」

ああ、と翡翠はなんてことはないようにうなずく。

「そのへんは少々複雑な事情が絡み合っていてな。いわゆる魂の契りはまだ交わしていないんだ。婚姻という意味での言葉の契りで、縁は結んでいるが……」

「聞いてないぞ」

冴霧が面食らったように食いついた。どうやら知らなかったらしい。

「そりゃあ言ってないから当然だろう。まあ今抱えている問題がすべて片づけば、いずれは交わすつもりでいるさ。貴様らほどではないが、俺たちにも魂の契りではなければならん理由があるからな」

――なるほど。やはり人と神の婚姻は、なにかとしがらみが発生するようだ。

当然と思うべきか、自分たちが異端だと受け入れるべきか。

「おまえもたいがい、ややこしいことに巻き込まれるな」

「まあな。急は要していない分、まだマシだが。ともかく冴霧、貴様は自分たちのことを考えろ。余計なことを考えている暇はないだろう?」

顔を曇らせた冴霧は、やや投げやりに「くどい」と悪態をついた。

本当にここまで素を明かしているなんて珍しい、と真宵はひそかに感心する。

「真宵嬢」

「え、あ、はい……?」

唐突に名を呼ばれて、真宵は狼狽えた。だが翡翠は大して気にする様子もなく、どこか雅な香りを混ぜ込んだ優しい笑みを向けてくる。

「役に立たなくてすまないが、俺にできる限りの協力はしよう。今はとにかく体を休めて、自分の今後についてしっかりと考えてみるといい」

「自分の今後、ですか」

「現状、なにかと混乱している部分もあるだろう? 一度落ち着いて、客観的に現実を見つめてみるのも大切だ。感情というものは往々にして先走るものだからな」

刃と似通った銀色の瞳に射すくめられて、真宵は口ごもった。形をなぞれない色を向けられると、心の奥底まで赤裸々に見透かされているような気分になる。それはなんとも、居心地が悪い。

「……あ、ありがとうございます」

「あぁ。――しかし、その笑顔は似合わんな」

え、と真宵が戸惑うのとほぼ同時。

「ふざけるなよ」

冴霧が凄まじい勢いで拳を振るっていた。

ところが翡翠はわずかも表情を揺るがせることなく、片手でそれを受け止める。冷たく目を眇めて冴霧を見やり、ハエを払うように拳を叩き落とした。

「舐めてもらっては困る。手負いの神にやられるほど、俺も落ちぶれてはいない」

「おまえ……っ」

「なに、今のは言葉のあやだ。別に顔が可愛くないとかそういった意味ではなく、ただ作り笑顔は似合わんと言ったまで。貴様の嫁を愚弄《ぐろう》する気はないさ」

「作り笑顔だろうがなんだろうが、真宵にケチつけるやつは看過《かんか》せん。たとえおまえだろうがな。今すぐ消してやろうか、翡翠……!!」

翡翠はあからさまに面倒そうに息を吐きながら、やや乱れた衣服を整える。

「先も忠告したはずだ。順序を考えろ、と」

「……あ？」

「俺を消していったいなにになる？　貴様の所業を目の当たりにして一番悲しむのは誰だ？　感情に流されて行動する前にまずは真宵嬢の気持ちを慮れ、阿呆め」

ぐっと言葉を詰まらせた冴霧が、ためらいがちに真宵を見る。

その視線になんともきまりが悪くなって、真宵は逃げるように顔を伏せた。

（よ、よくわからないけど気まずいからやめてください、翡翠様……！）

赤羅に助けを求めると、無言で首を振られた。

じゃあ白火にと目線を移せば、その顔が涙と鼻水で悲惨なことになっていてぎょっとする。決して今に始まったことではないが、先ほどからずっとこの調子であることを真宵が知る由もない。一瞬にして意識が逸れた。

「うわあ白火ちょっとそれどうしたの」

「……うぐぅ……まよいさまのばかぁ……！」

「ああはいはい、ごめんね。心配かけたね」

とりあえず起き上がろう、と体に力を入れようとして戦慄《せんりつ》が走った。

なんたることか、まったくもって力が入らない。

たしかに先ほどから体が重いとは思っていたけれど、これではまるで布団に縫い止められてしまったかのようだ。

　自分が寝返りすら打てないことに動転しながらも、とっさに顔には出さないよう努力する。これ以上、心配させたくはない。

「まよい、さま？」

「あ、ごめんぼーっとしちゃった。白火、ちょっと顔洗っておいで」

「でも……」

いいからいいから、となかば無理やり白火を立たせて顔を洗いに行かせる。

白火が部屋から出たのを見計らって、真宵は真顔で冴霧へ視線を戻した。

気まずいとかそんなの気にしていられない。

　これは間違いなく、一大事だ。

「冴霧様。やっぱりというか、もしかしてなんですけど、私、もう死にます？」

「それを俺に聞くのかよ。鬼なのか？」

「鬼はセッちゃんでしょ」

冴霧はやりきれないように前髪をかき上げた。興を削がれたのか翡翠から離れて、ふたたび真宵のそばに腰を下ろす。そして容赦なく布団を引っぺがし、背中と膝裏に手を差し込んでくる。

　そのまま軽々と抱き上げられた真宵は、気づけば冴霧の太腿の上。

なんで？と大いに困惑しながら冴霧を見上げる。

「起き上がれないんだろ」

「それは……まあ」

「さすがに今すぐ死ぬってわけじゃない。──けどまあ、冗談抜きで、このままなら
あと一ヶ月持たんだろうな。俺と結婚しなければ、の話だが」

一ヶ月、と頭のなかで反芻《はんすう》した真宵は瞠目《どうもく》した。

「思ったより長かった」

「おまえの時間感覚はいったいどうなってるんだよ？」

だって、てっきり今日が峠なのかと思っていたのだ。

なんだまだ一ヶ月も猶予があるのか、とむしろ楽観的に捉えてしまう。

「なぁ、真宵。おまえなんでそう死に急ぐんだ」

「死に急いでなんかないですよ」

「じゃあなんだ？　浄化の儀式なんて身削るようなことしておきながら、よもやその
先に待ち受ける〝死〟を意識してないとでも？」

白火か、と真宵は天を仰ぎたくなりながら片手で顔を覆《おお》った。

やけに突っ込んでくるなと思ったら、すでに言質を取ったあとだったらしい。

「あれほど内緒にって言ったのに……」

「俺が吐かせたんだよ」

「そうだぞ、真宵嬢。そいつに言わなければ消すと脅されていたんだ」

あのちびっ子に、まさかそんな直球な脅しを……？

「子ども相手に最低すぎません？」

言葉通りの純粋無垢《むく》で人を疑うことを知らない白火が、そんなものを冗談と取れるわけがない。

真宵の全力の非難に、冴霧は気まずそうに目を泳がせた。

「そんなことはいい。問題なのはおまえが〝自分を傷つける〟行為だと知った上で、それを行っていたことだ。──さて、真宵さんよ。許嫁という存在がいながら、ずいぶん舐めた真似をしてくれたなあ？」

「つくづく思いますけど、冴霧様って脅さないと話せないんですか」

「話を逸らすな」

苛立たしげに冴霧の長い指が顎を掴んできた。頬に指先が柔く食い込む。

冴霧の細められた眼差しは、さまざまな感情を綯交《ないま》ぜにしたような不思議な色を灯していた。

心配。苛立ち。焦燥。

一方でそのなかには、なんとも言えない熱も含まれている。

「や、やめてくらひゃい」

「今日こそは逃がさんぞ、真宵。こうなったら、徹底的に攻めて口説いて地獄の果てまで追い詰めてやるから覚悟しておけ。おまえだけは絶対に消してやらん」

「すみません、まったく意味がわかりません。もしや、いやまさかとは思いますけど、今の口説き文句じゃないですよね？　えっ、違うって言ってください」

「……チッ、汲み取れよ」

「なんで今ちょっと照れたんです⁇」

こんなわかりづらい愛情表現があってたまるか、と真宵は冴霧を精一杯睨《ね》めつけた。

この十九年、散々振り回されてきたが、ついぞ理解できそうにない。

冴霧はいつもそうだ。こうして話の行き先が怪しくなると、すぐに茶化す。大事な局面になるたびにはぐらかして、一定以上は踏み込ませてくれない。

だから、いつまで経っても真宵と冴霧の距離は近づかないのだ。

重要なところで逃げようとする冴霧を、あえて止めずに『仕方ないなあ』と調子を合わせるのは、それが冴霧の望みだとわかっているからだけれど。

いわば一種の牽制《けんせい》。無視して踏み込めば、不器用な冴霧はすぐさま心を閉ざしてしまう。そうなれば最悪だ。挽回するのに、いったいどれほどの時間を要するか。

（……まあこんなんじゃ、一生伴侶《はんりょ》なんかできないでしょうね！）

込み上げてくるモヤモヤをなんとか飲み下しながら、真宵はつんとそっぽを向く。

「もう、冴霧様なんて嫌いです」

「はあ？」

「この際、言わせていただきますけど。なんですか、その髪」

「髪……って、ああ。この黒か」

「……まあ、黒い髪も嫌いじゃないですよ。でも私は、冴霧様の透き通った白銀の髪が朝ごはんのお味噌汁と同じくらい好きなので、ぜひとも戻していただければと」

もともと細い三つ編みに結われた部分には、墨に浸したように黒く染められた髪がところどころ混じり込んでいた。それがどうだろう。今の冴霧は、もはやそのレベルではない。

三つ編みに関してはほぼ真っ黒。前髪にも濡れ羽色が見え隠れしているし、全体像を見たら、もはやそちらの色の方が多いくらいになっている。

「……おまえにとって朝の味噌汁はどのくらい大事なんだ」

「そうですね。毎夜、布団に入りながら、明日のお味噌汁の具はなににしようと真剣に思いを馳せるくらいでしょうか」

「嘘だろ、この期に及んで味噌汁のことを考えて寝てるのか？　そこは未来の旦那のことを考えるべきだろう。なんでそう色気がないんだ」

話を逸らすのはどっちだ、と真宵は思う。

この髪がただのイメチェンではないことくらい、本当はわかっていた。

髪が黒く染まれば染まるほど、冴霧から感じる神力がどんどん濁っていくような感覚を覚える。

それは不純物すらなさそうな清らかな川の水が、一夜の嵐後、氾濫《はんらん》して泥水にあふれるような、そんな感覚。

「――……おい、冴霧。いちゃついているところ悪いが、嫁が待っているから俺はそろそろ帰らせてもらうぞ。こちとら諸々の仕事もすべて放り出してきたんだ」

これ以上話が発展しないと判断したのか、ため息交じりに声をかけてきた翡翠。

ちらりと振り返って、冴霧は真宵を片腕に抱えながら立ち上がった。

「……ああ。悪かったな。わざわざ呼び出して」

「なんだ、見送りでもしてくれるのか？」

「それくらいはする」

へえ、と翡翠が微苦笑する。

（なんだかんだ憎めないのは、こういうところですよね。本当、こう見えて律儀なのずるいと思います。ええ、切実に）

口にこそ出してはいないが、翡翠の心情が手に取るように伝わってきて全力でシンパシーを感じた。やはり彼とは随所で共感指数が高い。

これはぜひとも仲よくさせてもらいたいな、としみじみしていると、ふたりは軽口を交わしながら部屋を出た。

「あれ？　翡翠さま、もしかしてお帰りですか？」

「ああ。役に立たないのに長居をしても仕方がないからな」

ちょうど戻ってきた白火と、廊下でばったり鉢合わせたらしい。

目元はまだ赤く腫《は》れ上がっているものの、しっかりと涙と鼻水は洗い流されていた。気持ちも少し落ち着いたのか、ぴょこぴょこと尾を揺らしながらついてくる。

「改めて、今回の件はこちらでも調査する。流獄泉を通して、ということは干渉してきたモノの実体はかくりよにあった確率が高いからな。どうせ俺の管轄だ」

「管轄……？」

「言ってなかったか？　翡翠も統隠局の官僚なんだよ。俺は高天原の神々の統制を、こいつはかくりよに住まう神々の管理を請け負ってるんだ」

なんと、噂《うわさ》の統隠局の官僚様だったとは。

目をまん丸くした真宵をおかしそうに一瞥し、けれどすぐに表情を引きしめて翡翠は少しばかり愁眉《しゅうび》を下げた。

「真宵嬢。こちらの管理が杜撰《ずさん》なばかりに危険な目に遭わせてしまったこと、官僚・

翡翠の名において謝罪しよう。此度《こたび》のやつについては、統隠局でも然るべき対応を取ると約束する。今しばらく待っていてくれ」

「い、いえそんな……！」

「事件解決まで不安はつきまとうだろうが……まあ心配せずとも、君のことは死んでも冴霧が守るはずだ。なにかわかり次第連絡するから、今は体を休めて──」

それなら、と冴霧が割って入った。

「赤羅を連れていけ、翡翠」

「はっ？　オレぇ？」

うしろで静かに控えていた赤羅が、唐突なご指名に素っ頓狂な声をあげた。

主の前だと借りてきた猫のように大人しくなる赤羅だが、今は相棒の蒼爾がいないのも相まっているのだろう。いつもの快活さはどこかに身を隠してしまっている。

「赤羅がいれば、いつでも俺に連絡ができるからな。万が一、急を要することがあればそいつに伝えろ。調査も手伝わせていい」

「ふむ……だが、それでは貴様のそば付きがいなくなるだろう？」

「かまわん。──赤羅、おまえは向こうでいの一番に蒼爾と合流しろ。早急に的を絞り込んだら戻ってこい。証拠収集も忘れるなよ」

赤羅は少々不満そうな顔をしながらも、反発はせずにこくりと顎を引く。

「でも主はん、オレらがいない間に無理せんといてな？」

「従者に心配されるほど落ちぶれているつもりはないがな」

「そうやなくてさぁ……主はんってなーんか大事なところわかってへんのよなぁ」

冴霧がなんの話だと虚を突かれたような顔をする。

呆れんばかりに深く息を吐き出した赤羅は、おもむろに手を伸ばして真宵の頭を優しく撫でた。わずかに腰を屈め、目線を合わせながら困り顔で笑う。

「ほんならお嬢、主はんのこと頼んだで？」

「え……う、うん」

「お嬢さえいればきっと大丈夫なんや。主はんは」

今度は真宵がなんの話だと戸惑うことになる。

冴霧に抱かれたまま門扉を出ると、外はもう朝日が昇り始めていた。

薄明に仄《ほの》かな色が灯り、群青と黄金が境界をなくしておぼろげに溶け合う。

そのただただ美しい様を目を細めて眺めながら、翡翠はまるで尊ぶように口許に弧を描いた。

「朝日の美しさだけは、どの世界も変わらんな。心が洗われる」

「おまえ、洗う心なんてないだろ。その穢れ皆無っぷりはなんなんだ」

「先日、ちょっとな。図らずも浄化の余波を喰らったら、どうにも溜め込んでいた穢れが消し飛んだ。うちの嫁はすごいぞ」

なんだ惚気かよ、と途端に興味を失ったのか、冴霧は欠伸を漏らす。

水無月とはいえ、早朝はやはり冷え込む。ひんやりとした空気が頬を撫で、薄い小袖一枚だった真宵は、冴霧の腕のなかでぶるりと体を震わせる。

すると、冴霧が纏っていた絵羽織の前紐を素早く解いた。

なにをするのかと不思議に思っていれば、おもむろに抱き直されて羽織の内側へと入れ込まれる。

「わ、わっ……」

冴霧の片腕に座らされるように抱かれた真宵は、戸惑いながら顔をもたげた。

「さ、冴霧様？」

「今日はどっかの神の機嫌が悪いらしいからな。こうしてりゃ少しはマシだろ」

たしかにマシだけども、と真宵は目を白黒させる。いったいこの細腕のどこにそんな力があるのだろうと疑問に思いながら、人生で初めて自分の小柄さに感謝した。

（……あ、菊の花の香りだ）

ふと鼻を掠めた芳香に、ホッと息を吐く。

どうして菊の花なのかと前に尋ねたら『俺らしいだろ』と珍しく照れたように返っ

てきたことがあるが、あれはいったいどういう意味だったのだろう。

——そうだ。昔から、この香りが大好きだった。

心が落ち着く優しい香り。わずかに苦味を伴っているのも、変に甘すぎなくてずっと浸っていたくなる。香水ほど強くないのも高評価だ。

だが、今はその香りに、名伏しがたい嫌な気配が混じり込んでいる。

不満に思えど、それを指摘する勇気はない。

それに、あまり触れてはならないような気がするのだ。真宵のなかでなにかが警鐘を鳴らすから、無闇に詮索をしないよう心がけていた。

「ではな。……冴霧、くれぐれも無茶と無謀を履き違えるなよ」

「ふん。おまえには言われたくない。統隠局の問題児め」

「……はは、互いに嫁には振り回されるな」

「笑い事か」

そうして翡翠は、赤羅と共にかくりよへと下っていった。

唐突に、風の音を数えられるほどの静謐《せいひつ》な空間があたりに広がる。

どこか厳かな朝の静寂に、なんとも高天原らしさを感じながら、真宵はわずかに身動ぎした。

ああ、体が重い。

そもそも人の体とは、こんなにも怠くなるものなのか。

思わずため息をつきそうになったそのとき、冴霧がひょいと覗き込んできた。

真宵の浮かない顔を見てか、どこか気遣わしげな眼差しで口火を切る。

「真宵」

「は、はい？」

「おまえ、今日から俺と暮らせ」

なんの前触れもなく投下された爆弾宣言。真宵の思考が急停止する。

（……え？　今なんと？）

愕然とする真宵を横目に、冴霧は足元に引っついていた白火を見下ろした。

白火も白火で理解が追いつかないらしく、頭上に疑問符を浮かべている。

「おまえも来るなら変化しろ。真宵が抱けるくらい小さくなれ」

「く、来るとは……？」

「いいから早くしろ。置いていくぞ」

慌てた白火が、ぼふんと音を立てて愛らしい子狐姿へ変じた。

冴霧は容赦なくその首根っこを引っ掴み、石化する真宵の腕のなかに押し込む。も

ふっとした毛玉が、困惑しながら真宵にしがみついて目を白黒させた。

それを確認した冴霧は、存外丁寧な仕草で開きっ放しだった門扉を閉めた。

「えっ、どうして閉めるんです？」

「しばらく帰らないからだな」

「は？」

「そら、行くぞ」

いやどこに!?という真宵の当惑交じりの嘆きは、無情にも空気にかき消えた。

全身に淡く神力を纏い、一瞬にして遥か空の彼方へ舞い上がった冴霧。

その口元に浮かんでいた悪戯な笑みに気づき、真宵は一拍遅れて悲鳴をあげたのだった。

第肆幕　霞に紛れる隠し事

「いいか、坊主。よく聞けよ。うちは天照御殿と違って下働きの神使がいないんだ。真宵の世話をはじめ、炊事洗濯、その他諸々のことは頼んだぞ」

「はっ、はい！」

「いい子だ。さっそく朝餉の準備をしてこい。しばらくは消化によいものでな」

「この白火にどぉんとお任せくださいっ！」

なぜこの子狐は、いかにも冴霧の従者のようになっているのだろう……。

頼られるのが嬉しいのか、尻尾が嬉しそうに揺れている。

言われるがまま厨へ向かおうとして、しかし方向がわからなかったのか耳を垂れて振り返った。

「まっすぐ行って、奥から二番目の角を右に曲がった先だ。調理器具も食材もなんでも使え。買い足したいものがあったら金は出すから、滋養《じよう》のあるものを作れよ」

「ふとっぱらだあ！　おいなりさんたくさん作りますね、真宵さまっ！」

はたしておいなりさんは、消化がよくて滋養のある食べ物なのだろうか。

ふんふんふふーんと、白火は足取り軽くご機嫌に駆けていく。

そのうしろ姿を呆然と見送っていると、冴霧が「げんきんなやつだな」とうすら笑いを浮かべた。

きっとそういうことじゃないです、と内心は全力で突っ込みたくなったが、なんとかこらえる。

白火は気になるが、真宵自身、この状況がいまいち理解できていないのだ。なかば拉致《らち》するように連れ去られた先は、冴霧邸だった。

寝殿造である天照御殿とは違い、豪勢さが控えめな数寄屋造の屋敷だ。

数寄屋造とは、気高い格式や豪奢な装飾を取り払い、主に暮らしやすさに重点を置いた建築様式のこと。

とはいえ、大神が住まう場としては遜色《そんしょく》なく、ちょうどよい按配《あんばい》で情緒を保ち、意匠を凝らした純和風の屋敷である。とくに細部まで丁寧にこだわった風情ある枯山《かれさん》水《すい》は、まさに侘《わ》び寂《さ》びそのものであった。

隅々まで洗練された日本庭園を囲んで連なるのは、広々とした和室や茶の間。

下働きの者がいないという屋敷内はひどく清閑《せいかん》だ。

それこそまったく使用していない部屋も多く見られるが、どこも清潔感は保たれているし、かといって退廃的でもない。

内縁を足早に歩く冴霧に掴まりながら、真宵はそろそろと屋敷の様子を観察する。

(うーん。昔と変わってない、ような。変わってる、ような……)

冴霧邸には、幼い頃にも幾度か遊びに来たことがある。

けれど、あの頃とは事情が異なる。経緯も経緯だけに、さしもの真宵も、戸惑いと困惑を隠せずにいた。

しかも、あれよあれよと連れていかれた先は、美しい庭園の風景がもっとも映えて見える一室だった。

広さは十六畳ほど。無論、使われた形跡はない。

（え、えっ、ま、待って。本当にどういうことなの、これは）

雪見障子が全面に開け放たれた部屋は、行燈《あんどん》の光がなくとも十分明るかった。新調されたばかりの畳のせいか、豊かなイ草の香りが鼻腔を抜ける。真宵はなおのことまごつきながら、ぐるりと部屋を見回した。

部屋の隅に寄せられた申し訳程度の唐櫃《からびつ》と几帳《きちょう》以外に、目立った調度品はない。

床の間を飾る陶器の花瓶には、あせびと菊が古雅に生けられている。背後に垂れる掛け軸は、菖蒲《しょうぶ》とかわせみが描かれた風光明媚な花鳥画だ。

「ちょっと待ってろ。布団敷いてやるから」

部屋の端に寄せ、三枚ほど重ねて置かれた座布団の上に下ろされる。

真宵の体が動かないのを気にしてだろう。壁に背を預けられるよう気を遣ってくれる優しさに、こんな状況ながらついつい身悶えしそうになった。

（知ってる。知ってるよ、冴霧様が見かけによらず気遣い屋で優しくて思いやりがあって心配性なのは。ええ、知っておりますとも！　でも、もう本当、そういうとこ

よね……！　ああもう、心臓に悪いったら）

緩みそうになる顔を引きしめていると、冴霧は本当に自ら布団を敷き始めた。

敷布団にシーツ、羽毛布団や枕のカバーまで。

手つきが慣れているだけでなく、装着するシーツには皺ひとつない器用さだ。

あまりの手際のよさに驚いて、思わず感心してしまう。この様子だと、本当に普段からすべて自分でやっているらしい。

「あの、冴霧様。ここは、その、なんの部屋なのでしょう？」

布団を敷き終わり、ひょいっと抱え上げられたタイミングで言及する。

「なんのって……そりゃ、真宵の部屋だろ」

「客室ですか」

「違う。もとから真宵のために用意してた部屋だ。家具やらなんやらは好みがあるだろうから、最低限だがな。心配しなくても、今度好きなものを仕入れてやるから」

「いや、あの、そうではなくてですね……っ」

「おーおーわかったから落ち着け」

なだめるように言いながら、今しがた敷いたばかりの布団に下ろされた。

そのままゆっくりと肩を押され、否応なく褥の上に寝かされる。

「真宵。おまえな、のんきな顔してないで自分が死にかけってて自覚しろよ？」

寝ろ、という乱暴な口調に似合わず、冴霧は優しく首元まで布団を被せてくれる。

「俺の部屋は隣の隣の隣だ。なにかあったら叫べ」

「その……なんだか微妙に離れている感じは、なにか意味が……？」

「気遣いに決まってるだろ。なんだ。夜な夜な襲われたいのか？」

「っ！　いいえ！　まったくそのようなことは！　ああ、もうすみませんありがたいお気遣い感謝します、でも本当に余計なことを聞きました！」

両腕で発火する顔を覆い、今度こそ身悶える。

冴霧が見た目に反して誠実な男だと知っているとはいえ、同じ屋根の下で暮らすのは……精神衛生上、非常に、よろしくないのではないだろうか。

真宵はこれでも年頃の娘だ。時を数えることを忘れるほど長く生きている冴霧からしてみれば、そういう対象にすらならないのかもしれないが――。

(いやいやいや、この期に及んでなに考えてるの私は……!!)

まさか、体が動かせない瀕死の状態で連れ去られるとは。

これでは逃げ出すことも叶わない。

はてさてどうしようか、と打って変わり真剣に頭を悩ませていれば、なにを思ったか、冴霧はすとんと布団のかたわらに腰を下ろした。

「え、あの、冴霧様……？　あっ、そういえばお仕事はどうしたんです？」

「仕事？　ああ、気にしなくていい」

「いや、気にしますよ!?　だって、まだかくりよ出張期間中でしょう？　あれ、そういえばなんで助けに？　もしかして私、どこかにGPSでもつけられてます？」

最後には独り言並みに捲し立てる。

それを奇妙なものを見るような目を向けながら聞いていた冴霧は、片膝を立てながら「元気だなおまえ」とため息をついた。

「会議ならもう終わってるし、出張期間はもともと余裕を持って取ってあるだけだからな。……あとなんだ？　GPS？　機械オタクの翡翠じゃあるまいし、そんなねちっこいこと俺がするわけないだろ」

翡翠様って機械オタクなんだ、と絶妙にいらない情報に頭が混乱した。

これで満足かと言いたげに真宵を見ながら、冴霧は立てた膝にやたらと物憂げな顔で肘をつく。そうして心底思い悩んだ様子で吐息交じりに言い放った。

「おまえって本当、危機感がないよな」

「えっ」

「自分を嫁にしようとしてる男が目の前にいるのに、ちっとも警戒心を持たんとは……はあ、育て方間違ったか？」

いやいや、と真宵はかろうじて首だけ横に振る。

「そもそも育てられた覚えはないですし……。あと一ヶ月は余命があるって、冴霧様が言ったんじゃないですか。警戒心なら人並みにありますよ、たぶん」

動けないだけだ。動けていたら、もうとっくにこの屋敷から逃亡を図っているに違いない。なにが悲しくて、好きな相手の家で恋煩いをしなければならないのか。

「……というか正直、いろいろ理解していなくてですね」

得体の知れない声に誘われ、なぜだか流獄泉に引きずり込まれて、もうだめかと諦めかけたところを冴霧に救われた。単純にその事実しか把握できていない。

そもそもなぜそんなことになったのだろう。

あの声は結局なんだったのか。

「なあ、真宵。ひとつ聞くが、近頃なにか変なことはなかったか」

「変なこと、と言いますと――」

「なんでもいい。なにかしら〝変わったこと〟だ」

そう言われても、と真宵は考え込む。

ここ数日の記憶の糸を辿ってみるが、すぐにピンとはこない。

赤羅と蒼爾が滞在するようになってからは、毎日なにかと騒がしく過ごしていたし、それこそ泉に引きずり込まれたこと以外は――。

「あ」

「なんか思い出したか？」

思い出したというより、もっと大前提、そもそもの話だった。

「ここしばらく、変な夢を見ていたんです」

「夢？」

「はい。暗闇のなかで、誰かに『おいで』って言われる夢。ただそれだけなんですけど、眠ると毎日のように見てました」

思い返せば、その夢を見るようになったのは天利が眠りについてからだ。

最初はただの夢だと思っていたし、実際、内容的にもとくに怖いものでもなかったから、当初はあまり気にはしていなかったのだけれど。

ただ、あの日――。

「セッちゃんたちがうちに来た日の前の晩も、その夢を見てたんです」

「つーことは……五日前くらいか？」

真宵は気後れしながら首肯する。

「朝方、気づいたら玄関にいて。どうやら眠ったまま歩いていたようなんですよね」

冴霧は怪訝そうに「眠ったまま？」と聞き返した。

「症状的には夢遊病っていうのに似てるって、蒼ちゃんは言ってましたけど。でも、たぶん違うと思います。その声、泉で聞こえた声と同じだったので」

「……ふうん。じゃあそのときも危うく引き寄せられていた、と」

「おそらくは」

重々しく答えながら、真宵は項垂れた。

正直あれはあまり思い出したくない。神々の人智を超えた所業に今さら驚く真宵ではないが、さすがに精神が参った。

完全に意識がないまま玄関に突っ立っていた自分には正気を疑うし、疑うにしても自覚と記憶がないから対処法がない。

だが——そうだ、ひとつだけあのときとは異なる点がある。

「でも、あの、これ言ったらものすごく怒られそうですけど……私、泉には自分の意思で行ったんです。あのときと違って、今回はちゃんと起きてました」

「はあ？　眠ったままじゃないってことか？」

「は、はい。とはいっても……ぼうっとはしてたかな。虚ろな感じで。そこに行かなくちゃいけないっていう妙な義務感があって。ただ……その声が、どこかかか様に似てたから、惑わされそうになったっていうか——」

操られていたわけではない、はずだ。

たしかにあのとき、泉に向かっている最中は意識があった。決して寝ぼけていたわけでもないし、ただの興味本位で立ち入り禁止の危険地帯に踏み入れたわけでもない。

ただ、そう、精神的に引き寄せられたとでも言うべきか。

今思えば、罪神にしか反応しないはずの結界が流獄泉への道を開いてしまったのは、真宵がこの世界にとって〝異質な存在〟だと判断されたからだろう。

天利が口うるさくあの場に近づくなと言っていたのは、それゆえ。真宵が立ち入れば、その扉が開いてしまうとわかっていたからだ。

「……さすがに直前で思いとどまったんです。昔かか様に怒られましたし、泉に落ちたら死ぬのは明らかですから。理性なのか本能なのか、微妙なところですけど」

「ならなんで落ちたんだよ？」

「うー……落ちたというより、引きずり込まれた、が正しいといいますか……」

あのとき真宵は、これ以上はだめだとなかば意地で足を止めた。

にもかかわらず、落ちた。

なぜなら、落ちまいとこらえる意思を嘲《あざ》けるように泉へ吸い寄せられたのは、正確には真宵自身ではなく――。

「……鉱麗珠……」

「鉱麗珠だと？」

芋《いも》づる式に浮かんだ言葉をぽつりつぶやいた真宵に、冴霧の双眸が微かに光る。

「はい、あの、先日鉱麗珠の腕飾りをいただいたんです。かか様のご老友だと名乗る方から。匿名だったのでお名前も存じないのですけど」

ああ、と冴霧が不機嫌そうに鼻を鳴らした。

「赤羅から連絡が来てたな。情報屋が訪ねてきて腕飾りを渡したと」

「あ、それですそれ。なんでも御守りになるらしいので、いただいてからお風呂以外はつけるようにしてたんですね。でも、どうしてか泉に反応してて……」

「どうしてもなにもないな。情報屋を介しておまえに鉱麗珠を贈ったやつが、その声の主だ。天利の声に似せていたのは、おおかたおまえを油断させて心に干渉しやすくするためだろ。心の隙を生みやすく仕向けるにはそれが手っ取り早い」

やはりそうなのか、と真宵は情けない顔で冴霧を見上げる。

「……まあいい。あらましは理解した」

ところで、と冴霧がなんの脈略もなく話を打ち切った。

かと思えば、真宵の上に身を乗り出してくる。

顔の両側に手をつかれ、まるで覆い被さるようにぐっと近づいた冴霧の顔。

目と鼻の先、今にも触れてしまいそうなその距離を数拍遅れて理解した瞬間、全身が燃えるようにカッと熱くなった。

「なっ、なにして……っ」

「いやぁ、な？　俺の未来の花嫁が、どうにもこうにも危機感がなさすぎて腹に据えかねたから、ちょっとばかし脅してみようかと」

「や、やっぱり脅すことでしか会話できないんですね!?　そうでしょう!?」

しかしそこは〝襲う〟ではなく〝脅す〟なのか、と突っ込まずにはいられない。

なんとも言えない複雑な気持ちになる。

俺の未来の花嫁――なんて、とんでも発言はさらっとするくせに。そういうところは道徳的というか、なんというか、本当にこの神様は図りかねるから困る。

「なぜ俺という存在がいながら、他の男からの貢ぎ物をそう易々と身につける？　どれだけ嫉妬させたら気が済むんだ、なぁ」

「し、しししっと」

「あ？　言っておくが、俺は自他共に認めるほど嫉妬深い男だぞ」

左様ですか、と思わず真顔で答えてしまった。

「赤羅のやつ、あれだけ捨てさせろと言ったのに……命令破りやがって。しかも、この期に及んで鉱麗珠だなんて聞いてないぞ」

「せ、セッちゃんは悪くないですよ！　私が気に入ってたから、きっと……」

「気に入ってたあ？　俺からの贈り物じゃないのにか？」

はたして冴霧は、自分をなんだと思っているのだろう。先ほどから聞いていれば、どうも冴霧は真宵にとって、ずいぶん評価が高い存在だと勘違いしている節があるようだ。

たしかに、誠実さだけはある。顔も声もこれ以上ないくらい好みであるし、なんなら恋い慕っているけれど、それとこれとは話が違う。

そもそも冴霧は、これまで真宵に贈り物をしてくれたことがあっただろうか？

いや、ない。断じて、ない。

昔からなにかと世話を焼いてくれてはいるが、贈り物と称して──例えば誕生日なんかに、形に残る物を贈られたことは一度たりともない。

「なんだ、その目は」

「いえ別に……」

「俺からの贈りもんがそんなに欲しいか？」

「っ、そういうところですよ！　そういうところが！　嫌！　なんですっ!!」

いつかの白火みたいになってしまった。

なるほど、あの子は親に似たのか。

いざその立場になると、嫌みなものでつくづく気持ちがわかってしまう。

胸の奥にある名も知らない血管が塞がれたような、自分ではどうにもならないやるせなさに思わず叫びたくなる。そんな感覚だ。

「あのな、貢ぎ物なんてしようと思えばいくらでもできるんだよ。だが俺はそういう、あからさまなやり口が嫌いなんだ。愛はもっと、態度で示すべきもんだろう」

「この体勢で態度とはどの口が……っ」

「はっ、お望みならまた塞いでやろうか？」

また、という言葉が引っかかった。

――また？

「えっ……なんですか、その二度目ですよ感」

「二度目だろうが。しただろ、泉のなかで。まさか忘れたのか？」

泉のなか。

頭で何度か反芻し、ゆっくりと咀嚼《そしゃく》して、茫然《ぼうぜん》とした。

度重なるショックで闇の彼方に葬《ほうむ》り去られていた記憶が、じわじわと形を成して舞い戻ってくる。

（水をたくさん飲んで、苦しくて……息ができなくて……）

あのとき、だいぶ意識が朦朧としていた。

夢か現《うつつ》かの判断も曖昧で、だからこそ飛び込んできた冴霧の姿を見たとき、当たり前なのに〝神様だ〟と思った。

圧倒的な神秘。

煌《きら》めく光明を散らす粒子に包まれた姿はなんとも荘厳で、透き通るような白皙《はくせき》の美貌と、水面を映したような深碧の瞳に目を奪われた。

きっと声を発せる状況であったとしても、真宵は言葉を失っていただろう。

それくらい、美しかった。

見惚れていたから気づかなかった……は、いささか白々しい言い訳だろうか。

呼吸ができなくて空気を求めていた刹那《せつな》──触れた唇の感触。

そうだ。あれはたしかに、冴霧の唇だった。

だって、そうして流れ込んできた待望の空気は、全身に染み渡った豊満な神力も伴って、まるで濃厚な甘露が滴るような──。

「わーっ!!」

「っ、やかましい!!」

思考があらぬ方向に流れて、思わず叫んだ。

覆い被さっていた冴霧が、海老のように大きく仰け反って両耳を押さえる。

前にもこんなことがあった気がするが、いや、今はそんなことよりも。

(し……た！　してた！　キスしてた私っ!!)

青くなったり赤くなったり、顔面を騒がしくしながら、真宵は頭まで布団を被って声にならない絶叫をあげる。

どうか救命行為だと言ってほしい。切実に！

「わ、わわわわわ、わた、私の、ファーストキス……ッ！」

「そんなもん俺以外に誰がもらうんだよ。死にかけの口づけなんて最高にロマンチックだと思うがな。はは、一生忘れられん思い出になったじゃないか」

ああくそっ、と荒く毒づきながら冴霧が起き上がった気配がした。かと思ったら、べりっと強引に布団を引っぺがされる。

やけに熱のこもった鋭い目とかち合った。なぜかその美麗な顔が赤面していて、真宵は大いに困惑する。だがなんとしてもこればかりは言い返さねばと必死に思考をフル回転させて、なかば投げやりに声を荒らげる。

「い、いったいそれのどこにロマンを感じたのか詳しく教えていただきたいですし、そもそもそんな綱渡りなスリルまったく求めてませんからっ！」

あんなにも意識が曖昧なときに、しかも水のなかで、されたという認識すらほぼないファーストキスがあってたまるか。

これがなんの想いも抱いていない相手なら事故だと受け流せたのに、よりにもよって冴霧だなんて、ああもう、

「冴霧様のっ！　バカッ‼」

「そんなに俺の口づけが嫌かよ」

「うぐっ……」

喉の奥に石が詰まったようにつっかえる。

嫌、ではない。

とっさにそう思ってしまった自分が憎らしい。

(そんな聞き方はずるいでしょう……っ)

ああそうとも、嫌ではない。なにせ、あふれる想いを拗らせすぎて危うく死を選びそうになるほど好きな相手だ。

その事実だけ純粋に鑑みるのならば、いっそ冥土の土産かと勘違いしてしまいそうになるほど嬉しいし、心の底から幸せだと思う。夢にまで見た状況だろう。

だが、そうではない。

肝心なのは、重要なのは、そこではないのだ。

「あのですね、いいですか冴霧様。世のなかには、女の子が憧れるときめきシチュエーションという言葉がありまして」

「ときめ……なんだって?」

「ときめきシチュエーション。こう、女の子がついドキドキきゅんきゅんしちゃうようなシチュエーションがあるんですよ。ちなみに断じて今のこれは違います」

「へえ、そりゃあけったいなことだな。だが、あいにく俺にとっての女はこの世で真宵だけだし、真宵さえときめいてくれたら他はどうでもいい」

だめだ、この男にそういう普通のロマンを求めたのが間違いだった。

真宵はがっくりと首を垂れる。

もう知らない。なにも聞いていないし、なにも気づいていない。そうだ、これはすべて白昼夢だと思うことにしよう。そうしよう。

「……もういいですからどいてください……」

「心配するな。結婚したあかつきには、そんなの考えられんくらいのときめきを毎日欠かさず、存分に誠意を持ってくれてやるから」

「心配しかない発言をどうもありがとうございます!?」

ようやく調子を取り戻したように、冴霧はくつくつと意地の悪い笑みを見せた。

……知っているとも。

どうせなにもかも思い通り、計画通りなのだろう。

きっと真宵が余計なことを考えないよう、言葉巧みに翻弄《ほんろう》させているだけなのだ。

冴霧はずるい。

そうやっていつまでも真宵の心を弄ぶ。手のひらの上でころころと愉快不愉快に転がして、それをまた本当に幸せそうに眺めるのだ。

——愛されているのだと思ってしまうから、やめてほしいのに。

「そら、ひとしきり騒いで疲れただろ。しばらくの間は食べて寝ることがおまえの仕事だ。白火が朝飯作ってくるまで大人しく体を休めてろよ」

「……誰のせいで……」

「俺もひと眠りする」

淡々とそう告げると、冴霧はわざわざ部屋の隅まで移動して、座布団も引かず無造作に腰を下ろした。

壁に背中を預けながら片膝を立てたかと思えば、さっさと目を瞑る。

どうやら本当に寝るつもりらしい。

（……それでも、一緒に寝ようとはしないんだから）

ズキリと胸の奥が軋んで痛みを伴った。

あんなに騒いで滞っていた熱と高揚した気持ちが、頭から真水を浴びたように急激に冷めていく。

この距離感が、冴霧の本性を掴めない感じが、ひどく切ない。

共にいられる時間が少なくなったと、真宵に残された時間が一ヶ月もないとわかっているにもかかわらず、やはり冴霧は隠した心を明かしてくれないのだ。

つかず離れず――そんなの、望んでいないのに。

いっそすべて暴いてくれたらいいのにと真宵はひとり瞑目《めいもく》し、こぼれそうになったため息を噛み殺した。

◇

冴霧邸で過ごすようになって一週間が経つ頃には、真宵は自力で起き上がれるまでになっていた。霊力が回復してきたこともあるのだろう。

体が鉛のように重いのは相変わらずだが、それでもずいぶんな進歩だ。

(もうすぐ死ぬはずなのになぁ)

そう思いながらも、今までに感じたことのないこの虚脱感は、やはり旦夕《たんせき》に迫っていることを感じさせる。

おそらく、魂が剥がれかけている影響によるものなのだろう。

なんとなくぼうっとすることが増えるにつれて、自分の存在があやふやになっているような感覚があった。

とはいえ、原因はそれに限らない──のが世知辛《せちがら》い現実ではあるのだけれど。

「真宵さま、おはようございます！」

「あ、白火。おはよう」

「今日の調子はどうですか？」

子狐姿で部屋に飛び込んできた白火は、遠慮なく布団の上によいせよいせと乗ってくる。ちょこんとお座りして真宵を見上げる様子は、さながら忠犬だ。

可愛い、と微笑ましく頭を撫でてやりながら「大丈夫だよ」と口元を綻ばせる。

「冴霧様は？　まだお仕事中？」

「先ほどお帰りになられましたよ。お部屋で着替えでもなさっているのでは？」

「そっか」

また夜に出掛けていたらしい。

冴霧は昼間、真宵が起きている間は基本的にそばにいる。だが、夜が更け、真宵たちが寝静まるのを確認すると人知れず屋敷を出ていくのだ。

隠すつもりはないようだが、行き先を尋ねても『野暮用だ』の一点張り。

どう考えても怪しいのに、隠されると余計に気になるというもので。

（あんな憔悴しておいてごまかせてると思ってるのかな、冴霧様は）

天神会の仕事なのか、統隠局の仕事なのか、それとも真宵を狙ったモノのことを調べているのか——いずれにしろ、よくない仕事であることは明らかだった。

日に日に黒く変じていく冴霧の髪。菊の香りに混ざり合う強い邪の気配。

いや、むしろ、もうそちらの方が濃いかもしれない。

冴霧の存在自体が、強く陰の方へ傾いている。

手の届かぬ深闇に呑まれかけている、とでも喩《たと》えればいいか。

「朝ごはんはどうされますか？　食べれそうでしたら運んできますが……」

「うーん……あんまりお腹空いてな――」

「持ってこいよ」

真宵の声を容赦なく上から遮り、渦中の冴霧が部屋に顔を出した。

「あ、さぎ……」

目を向けた途端、ぎょっとした。

露草色の質素な着流しを身につけたその胸元が、大きくはだけていたのだ。

鍛えられた体が惜しみなくあらわになっている。

(その無駄な、い、いろ、色気……っ！　わざと!?　わざとですよね!?)

目のやり場に困ってあわあわしていると、なぜか白火がしらけた視線を向けてきた。

その目を向けるべきは真宵ではなく冴霧だろう。

なんとなくムッとして、白火の両頬をむにむにと摘まむ。

触感はさながら大福、毛並みは今日も変わらず艶やかでもふもふだ。

「おい坊主。朝飯、俺の分もあるんだろ」

どこか気怠げに冴霧が問う。

「ありますよう。当然じゃないですかぁ」

白火は真宵にされるがままになりながら、むにゃむにゃと答えた。

どうも最近、白火の冴霧贔屓が激しいような気がするのは気のせいだろうか？

「なら早く用意しろ。こいつには俺がじきじきに食べさせてやるから」

「はい！　持ってきます！」

白火はするりと真宵の手を抜け出すと、獣ならではの四足歩行で脱兎のごとく部屋を飛び出していった。左右にゆらゆら揺れていた尻尾の嬉しそうなこと。

「……なにあれ」

思わず言葉を失う。

いつの間にあんな懐柔《かいじゅう》されたのだろう。まさか真宵の知らないところで、かくりよの名品『かごやの饅頭』を大量にもらっていたりして。そういえば、最近少しばかり頬の丸みが増したような――。

「真宵」

悶々としていると、冴霧が真宵のそばで身を屈めた。

一瞬、視界に飛び込んできた冴霧の引きしまった胸元に狼狽えて、けれども懸命に顔に出さぬよう目を逸らす。

目線を右に左に泳がせたあと、最終的に俯くことでなんとか落ち着いた。

先ほどまで白火の顔を揉んでいた両手を無意味に絡ませながら、こくりと息を呑む。

「調子はどうだ」

「とっても元気です」

「そんな見え透いた空言は聞いたことがないな」

おずおずと顔を上げると、冴霧がこれ以上ないくらい胡乱な目をしていた。

直視するのもためらうほどの美貌は、たとえどんな顔でも様になる。けれど、だからってそこまで呆れなくてもいいのにと真宵は思う。

実際、嘘ではないのだ。

流獄泉に落ちた直後に比べれば、真宵の体は幾分か回復してきている。

冴霧邸を包む豊富な神力のおかげか、はたまた気のせいかは定かではないが、こうしてまだ冴霧と会話する元気くらいならあるつもりだ。

むしろ冴霧は、自分の方がよほど顔色が悪いと気づいていないのだろうか。

「そろそろ結婚する気になったか」

「なりません。お断りします」

「頑固なやつだなぁ」

もはや食い下がりもせず、冴霧は苦笑しながら真宵の頭に手をのせてきた。

その瞬間、思いもよらないことが起きる。

「ひっ……!?」

ぞわり、と。

冴霧の触れた部分から、全身に蜈蚣《むかで》が這いずるような強烈な悪寒が走ったのだ。

ほぼ反射的に冴霧の手を振り払い、後方へ身を引く。

冴霧の虚を突かれた顔が目に入ったが、それどころではない。

まずいと思う間もなく、全身に怖気が這い、沸騰したように熱くなった。

体をおびただしく巡る霊力が独りでに暴走しそうになり、ぐっと息を詰めながら慌てて意識を集中させる。

(な、にこれ……っ！　熱いっ……)

「っ、真宵！」

「す、みませ……なんか、霊力が……」

これは、間違いなく防衛本能だ。

払われた自分の手を茫然と見つめる冴霧に、真宵は強い罪悪感に苛《さいな》まれる。

とっさとはいえ、明らかな拒絶を向けてしまった。

「あ、の……冴霧様、ちが、違うんです」

決して触られるのが嫌だったわけではない。

あれだけ求婚を断っておきながら言える台詞ではないが、真宵は冴霧に触れられるのが好きだ。

頭を撫でられるのも、髪を梳かれるのも、頬をなぞられるのも。

だって、その冷たい手先とは裏腹に、とても温かいものを感じられるから。

なににも代え難い慈しみがこもった、無償の愛が伝わってくるから。

だというのに、今のはなんだ。

冴霧に触れられた瞬間に流れ込んできた、どうしようもなく嫌なモノ。

その得体の知れないモノに、真宵の霊力が拒絶反応を起こした。

——危うく清めの巫女の力が暴発しかけたのだ。

寸でのところで強制的に抑え込んでいなければ、祓いの術のひとつでも投げつけていたかもしれない。心底、霊力のコントロールができてよかったと安堵する。

「……悪い。軽率なことした」

衝撃が勝って二の句を継げずにいると、冴霧は真宵から一歩離れながら絞り出すように口を開いた。けれど、伏せられた瞼に乗る憂いはひどく思い詰めたもので。

そのあまりに冴霧らしくない表情に、真宵はなおのこと狼狽えた。

「あ、あの、今のは……っ」

「気にするな。たいしたことじゃない」

ふっと自嘲を滲ませて、冴霧はわずかながら口角を上げた。

「っ……」

なにが〝たいしたこと〟なのだろう。

真宵を泉で助けたときと同じように光の失った瞳を見て、胸が締めつけられる。

そうまでしても口を割らない理由はなんなのか。

たとえ冴霧の口から聞かなくったって、もはや答えは明かされたようなものなのに。

それとも、まさか真宵がこれでも気づかないと思っているのだろうか。

「冴霧様」

起き上がれても立ち上がれない真宵は、冴霧に向かって手を伸ばした。

「なんだ？　抱っこならもうできないぞ」

「そうじゃなくて」

ふざけて逃げようとしたって無駄だ。

おちゃらけられるほどの余裕が残っていないことなど、見れば歴然。

そんな覇気《はき》のない声でごまかせると思わないでほしい。

まっすぐに見返せばそれが伝わったのか、冴霧は諦めたように口を噤《つぐ》んだ。

真宵がさらに身を乗り出して両手を伸ばすと、驚いたように冴霧がビクッと体を震わせ身を引く。

だが、逃がすまいとためらいなくその頬を包み込んだ。

「お、おいっ！」

またもや嫌なものが流れ込んでくるけれど、歯を食いしばりぐっと耐えた。

覚悟していれば我慢できないものではない。

それに、改めてその正体を探れば、否が応でも気配の輪郭を辿れる。

――これは真宵がよく知っているモノだ。

「……大丈夫、です。私は大丈夫ですから、どうか逃げないでください」

「そ、んなこと言ったって、おま……！」

真宵は冴霧の顔を引き寄せる。

体勢を崩した冴霧が膝をつき、前屈みの状態で静止した。

額と額が触れそうなほど、急激に近づいた距離。

こぼれんばかりに大きく目を見開いた冴霧は、石像のごとく硬直する。

「冴霧様こそ、大丈夫ですか？」

「なっ……に、言って……」

「しらばっくれるのもいい加減にしてください」

冴霧は昔から自分のことを徹底的に隠す癖がある。ポーカーフェイスもお得意だ。

されども、冴霧が思っているほど真宵は鈍感ではない。聡いと言えば聞こえはいいが、生まれ持った強い霊力は普段と異なるものを敏感に察知する。

とくに〝穢れ〟などの陰の気に属し、浄化の力が跳ね返すものたち。

だがこれは、それらと同類にして、もっとおどろおどろしく、同時に極めてタチの悪いモノだ。

一歩間違えれば存在ごと別のものに変えてしまいかねない、危険な——なにか。

なぜそんなにも、もはや隠しきれないほどの〝穢れ〟を負っているのか。

存在だけではない。

それは、冴霧の内側、精神、果ては魂にまで濃く深く侵食し始めている。

こうして直接触れていても、終着点が見えないくらいに。

「冴霧様。……もう、イタチごっこはやめにしませんか」

「いたち……？」

「教えてください。あなたの隠してること、全部」

真宵は冴霧を正面から射抜きながら、自分を恨んだ。

神がこういう状態になる理由を知らない。その叡知《えいち》がない。

（……こんなことなら、無理にでも聞いておくべきだった。仮に私が冴霧様を救う術を持ち合わせていたとしても、元凶がわからなかったらなにもできないのに）

天利はいつか否が応でも知らなければならないときがくるまではと、肝心なことを教えてくれなかった。

それはひとえに、真宵が人の子だからだろう。

本来は交わることのない神様と人の子。

必要以上に関わってしまえば、少なからず真宵側に影響が出る。

ようするに、すべては真宵を守るため。

（それでも、私はもうこの世界から離れられないよ……かか様）

たとえ高天原を出て生きられるようになったとしても、真宵はここを選ぶ。

高天原は真宵にとって故郷だ。

生まれがうつしよだとしても、こちらに来てすでに十九年の月日が流れている。どちらにせよ、もうあちら側に真宵の帰る場所などないだろう。

真宵自身、帰りたいとも思えない。

だって、ここで生きてきたから。

どれだけ自分が異質でも、天利や冴霧がいるこの世界が好きだから。

「──……ったく、俺もおまえのそういうとこは好まんな。これだから人の子は情が深くて困る。頼むから大人しく振り回されてろよ、真宵」

「嫌です」

どこか震え交じりの声が痛々しくて、真宵は冴霧の首へ手を回し抱き寄せた。

「っ……真宵？」

低い音が耳朶を撫で、いつにも増して戸惑ったような冴霧が離れようと体を引こうとする。が、そうはさせまいと、真宵はさらに深く抱き込んだ。

菊の花の香りをかき消して、冴霧に不釣り合いな香りが強く混ざり鼻をつく。

ぐらりと輪郭を溶かすような、激しく嫌悪感を感じる香りだ。

なるほど。神が纏う香りはその存在の在り方を示すのか、と唐突に理解した。

「……なにがあなたに、そんな顔をさせてるんですか」

冴霧の体がビクッと揺れた。

「だって、冴霧様は誰よりも強い龍神様なのに。どうしてそんな、なにもかも失ったような目をするんですか」

今に始まったことではない。

鬼たちに〝荒事〟と揶揄《やゆ》される仕事のあと、底知れぬ絶望を浮かべた瞳で冴霧がやってくるたびに、真宵は心のなかでその理由を問うていた。

「私はそんなあなたが、嫌いなんです」

単なる自暴自棄ではないことは明白だった。

普段は傍若無人《ぼうじゃくぶじん》たる冴霧は、こう見えてどんなときでも泰然と物事を受け止め、論理的な解決方法を図ろうとする性格だ。よって、いっときの感情に振り回されることも、ましてや盲目的に周囲が見えなくなることもない。なにかが強制的に、ひいては決して逃れられない運命のもとで、冴霧をそのような状態にさせていたのだろう。

十中八九、仕事関連。

統隠局か、あるいは天神会か。

……いや、天利は頑なに天神会のことを真宵に伏せていた。あまつさえ、自らが頭目であるにもかかわらず、どうも天神会そのものの形に不満を持っているようだった。

だとしたらやはり、天神会の方かもしれない。

つまるところ、仕事相手は〝神〟ということになる。

だとしても、どんな仕事をしたらこんなに邪に満ちた穢れが溜まるのか――。

「好きだから。誰より大切だから、なにも見せてくれない冴霧様が嫌いなんです」

「っ……」

「そうやってなんでも自分ひとりで抱え込んで。どれだけ傷ついても、たとえ自分を犠牲にしてでも、私を守ってくれようとする。あなたのそんなところが、私はどうしようもなく嫌いなんです」

ここまで明かせば、いい加減こちらの言い分も察してほしい。

の、だが。

「……解せん」

「でしょうね」

わかっていたら、きっとこんなに拗れていなかっただろう。

すれ違い続けて変に意固地になることも、はたから見れば自己満足でしかない結論に至ることも、ましてや〝許嫁〟という立場をこうも頑なに受け入れないこともなかったはずだ。

(つまるところ、私たちは似た者同士なんですよ。冴霧様)

ゆえにこそ、どうしたってわかり合えないこともある。

けれど真宵は、その壁を乗り越えたいから抵抗していたのだ。

今このときだって、その希望を捨ててはいない。

「この間、私を助けてくれたときも思いました。大神様ならあまり問題はないのかもしれませんけど、神力を吸い取る泉へ躊躇なく飛び込んできたでしょう」

「………………」

今度は黙り込む作戦か。

「私ね、あのとき、冴霧様のこと考えてたんです。あぁ死ぬのかなって思ったら、やっぱり嫌だって。冴霧様に会いたいって思った。――でも、いざそうして助けに来てくれた冴霧様を見たら、自分が死ぬことよりもずっと苦しくなった」

そっと身を離して、珍しく瞳を揺らがせている冴霧と正面から見つめ合う。

「ねえ、冴霧様。あなたは私に死んでほしくないって思いますか？」

「……っ、当たり前だろ」

「じゃあ私が――例えば、石につまずいて傷ついたらどう思いますか？」

「石を消す」

それはなんか違う、と真宵は思わず苦笑する。

「言い換えると、嫌だってことですよね」

「……そう、か？」

「そうです。その嫌な気持ちが、少なからず私にもあるんですよ。あなたが傷つく要因はすべて取り除きたい。あなたにそんな顔をさせるものを取り除く力がないなら、せめて私がその傷を癒《いや》したい。身勝手だとしても、そう思うんです」

でもそれは、すべて冴霧がさらけ出してくれなければ叶わないことでもある。

「一方的なのは、嫌なんです。私は冴霧様が好きだから。大切だからこそ分け合いたいんです。──ねえ、ここまで言ってもわかりませんか」

冴霧はぐっと眉を寄せて俯いた。精緻《せいち》に満ちた顔がこれ以上ないくらいに歪み、なにかに葛藤するように上から真宵の手を握りしめてくる。

その拳は、震えていた。

それでも急かしはせずじっと待っていると、やがてゆっくりと冴霧の顔が上がる。

向けられた表情に虚を突かれたのは、真宵の方だった。

（……なんで）

吹っ切れたような表情。

だというのに、その瞳はあの絶望よりもずっと深い闇に染まっている。

完全に悪い方へ転がったと真宵が焦ったときには、冴霧は弱く首を振っていた。

「……わかりたくもないな」

「冴霧様……っ」

「わかってしまったあかつきには……——俺はたぶん、だめになるから」

真宵の手を掴んで、そっと下ろす。

そのまま立ち上がった冴霧は、真宵に背を向けた。

タイミングがよいのか悪いのか、朝食を運んできた白火の方へ歩いていく。

「悪い、坊主。俺はやっぱり食わん」

「えっ⁉」

「ちょっくら寝る。なにかあったら呼んでくれ」

そう言って、のらりくらりと冴霧は部屋を出ていってしまう。

いつかも見たような背中なのに、なぜかどうしようもない焦燥感に襲われた。

「っ、冴霧様！」

今その手を離したら、もう二度と掴めなくなってしまうのではないか、と。

けれど、追いかけたいのに体が動かない。

もどかしい。行かないでと叫びたいのに、喉の奥が苦しいほど締めつけられて、それ以上声も出なかった。

「ま、真宵さま？　なにかあったのです？」

白火が歩いていく冴霧と真宵を交互に見ながら、おろおろと聞いてきた。

なにかと言われても。

真宵にだって、なにがあったのか頭がまったく追いついていない。

「……ううん」

どうして冴霧は、そうまでして真宵から逃げようとするのか。

わからない。

もう、ずっとわからないままだ。

真宵の思いを聞いてもなお打ち明けてくれないのなら、もはや道はない。

だが、今この瞬間、真宵と冴霧の間に埋めることが不可能な溝が生まれてしまったことだけはたしかだった。

（結局……私たちは、繋がらない運命にあるのね）

ならば今ここは、求める者と求められる者が反転した世界だ。

これまでしてきた拒絶の裏側にある想いもなにもかもが、儚く水泡に帰した瞬間。

真宵の追い求めていた一縷《いちる》の希望は、きっと――。

「なんにもないよ。……もう、なにも」

霞み歪む視界でぽつりつぶやいた声は、どこか震えて、ひどく涙交じりだった。

◇

——薄明の頃、懐かしい夢路を辿った。

あれはまだ、真宵が両指の数に齢が満たないくらい幼き日の話。

あの頃は、いつも孤独だった。

神々の世界でたったひとりの人の子。だというのに、当の神々との交流も制限されているとなっては、孤立しがちなのも致し方なかったのだろう。

天利や赤羅たちも、四六時中、真宵の相手をできるわけではない。多忙期に入れば、朝起きたときから夜寝るまでひとりぼっち、ということもザラにあった。

寂しくて、寂しくて、心が悲鳴をあげていた。

それでも誰かに甘えることすら許されなくて、荒んだ真宵の繊細な心は、いつしか自分が人の子であることを憎むようになっていた。

その日も真宵は、ひとり天照御殿の中庭でふてくされていた。砂利を転がして遊んでみたり、丸石飛びをしてみたり、一人二役で演劇ごっこをしてみたり。

ぎし、ぎし、と軋む心に気がつかないふりをして。

しかしふとした瞬間に注意が逸れて、真宵は派手にすっ転んでしまった。

先ほど作ったばかりの砂利の城を巻き込んで、ズサーッと。

『っ……いたぁい……』

前身をしたたかに強打して、苦しかった。

受け身を取ろうとして擦り切れた両の手のひらから血が滲んで、痛かった。

だけど、一番つらかったのは、そばに誰もいなかったことで。

──たぶん、限界だったのだ。

なにかがぶつりと切れて、真宵は声をあげて泣いた。

もう嫌だ。痛い、痛い、痛い。誰か、助けて。私を見つけてよ。

こんなに痛いのに、苦しいのに、どうして誰もそばにいないの。

もう、ひとりぼっちは、嫌なのに。

言葉として成り立っていたのかすら曖昧だ。幼い子どもの拙《つたな》い語彙力では、そのときの胸の内を的確に表現するのは難しかったのだろう。けれど、当たり散らすように吐いた言葉はすべて真宵の本心で、悲痛な心の叫びであった。

──だから、届いたのかもしれない。

『……真宵っ』

突如として陽光が陰り、世界が暗転した。

痛みに呻き、泣きながら空を見上げた真宵は、それを見て絶句した。

遥か蒼穹《そうきゅう》を駆けるように、一頭の龍が飛んでいたのだ。

しなやかで美しい——この世の神秘そのもののような、白龍が。

チカチカと目に焼きつくのは、降り注ぐ陽光を取り込んで反射する白銀の鱗。

その刹那だけは、痛みもなにもかも忘れて、ただただその美しさに見惚れた。

あんなにもなにかを綺麗だと思ったのは、生まれて初めてだった。

——そんな真宵のもとへ、白龍は一直線に舞い降りた。

弾かれた鱗は、瞬く間に空気に溶け消える。一瞬にして人型へと姿を変えた彼の正体に、不思議と真宵は驚かなかった。ああそっか、と、納得さえした。

『さぎり、さま』

『おい、無事か。頭でも打ったんじゃないだろうな』

呆《ほう》ける真宵に、冴霧はぶっきらぼうながら駆け寄ってきてくれた。

思えば、あの頃の冴霧は今よりも幾分か冷たかったような気がする。心配だけれど、その表現の仕方が掴みきれない——そんな不器用さを発揮していた。

だから、そう。昔は少し苦手ですらあった。ほんの少し、怖いと思っていた。

共にいてくれるのは冴霧だけだったから、口にこそ出さなかったけれど。

『……いや、悪い』

初めて抱く感情による衝撃から答えられずにいると、どこかうしろめたそうな表情を浮かべた冴霧は、目を逸らしながら真宵から距離を取った。

『龍の姿など、人の子にとっては恐ろしいだろ。もう近づかんから――』

『まって、いかないで』

怖い。たしかにそう思っていたはずなのに、それは冴霧の本来の姿を見た瞬間に消え失せてしまった。自分でもおかしいと思う。でも、どうしようもない。

ほぼ反射的に、真宵は冴霧に抱きついていた。

『……そばに、いて。まよいの、そばに、いてください』

『っ……どうした？　なにか怖いことでもあったか』

冴霧は硬直しながらも、振り解かなかった。真宵の頭を恐々と撫でながら、いつにも増して諭すような声音で尋ねてくる。だから、緩んでいた心が、さらに緩んだ。

『ねえ、さぎりさま。まよいは、どうして、お空をとべないの？』

『そら、人の子だからな』

『じゃあ、どうして、人の子なの？』

冴霧の憂いを孕《はら》んだ眼差しが、わずかに揺れた。

『まよいは、どうして神様じゃないの？　神様だったら、まよい、こんなさみしくならなかった。みんなといっしょなら、こんなに、いたくなかった』

どうしてどうして、と。どうしようもないことを募らせる真宵を、冴霧は口を挟むことなく真宵が満足するまで聞いていた。

そしてすべての思いを吐露《とろ》し終わった頃、冴霧は真宵を抱き上げた。嫣然《えんぜん》と口端を上げながら、けれどもその双眸には形容しがたい優しさを滲ませて告げる。

『──たしかに、おまえの訴えも一理ある。寂しいも、痛いも、人の子だからこそ感じることだ。神々は、そういった悲観的な感情が薄いやつの方が多いからな』

だが、と、冴霧は続ける。

『そうした痛みを知っている真宵だから、誰よりも優しい。相手を思いやれる。俺はそんな人の子が──おまえが、無性に羨ましくなるときがあるぞ』

『……うらやま、しい？』

青天《せいてん》の霹靂《へきれき》だった。なにもかも持っている冴霧が、まさか真宵を羨ましいと感じているなんて思ったこともなかったから。

『まあ、だからといって、子どものおまえに孤独を感じさせていたのは別の話。俺たちの過失だ。寂しい思いをさせて悪かったな、真宵』

『ううん……』

『これからは、もう少し会いに来る時間を増やす。俺が来れないときは赤羅たちをよこすから、もうひとりで溜め込むなよ。もう少し、子どもらしく甘えていい』

わかったな？と、冴霧は真宵と額を合わせて言い聞かせた。

今にも触れそうな距離にあるふたつの深碧に、ぐわりと吸い込まれる。

――いざ触れたら、冷たいのだろうか。

そんなことをぼんやり思う。

彼の手が、体が、いつも氷のように冷え切っているのは、どうしてなのだろうと。

少しでも温めてあげたくて、真宵は両手で冴霧の頬を包み込みながら、へにゃりとはにかんだ。涙の粒はまだ流れるけれど、かまわず『あのね』と囁く。

『さぎりさまは、とってもきれいです』

真宵はそのとき、自分が人の子でよかった、とほんの少しだけ思った。いつだって温かい手のひらは、こうして冴霧にわずかばかりの熱を分けることができる。

『こわくなんか、ないよ』

恐怖の代わりに植えつけられたのは、非常に厄介な〝恋心〟。

けれど、それは決して抱いてはならない、大それた想いだと悟った。

真宵は幼心にはっきりと自覚してしまったのだ。

自分は逃れようもなく、人の子なのだと。

そして彼もまた、逃れようもなく、神様なのだと。

この世界の異物である人の子に神様を好きになる資格はない。そう思ってしまった。

だから、封じ込めた。心に鍵をかけた。

――だというのに、結局、今でも囚われている。

ああ、人の心とはなんてままならない……。

◇

「お嬢ーっ!」

「こら、うるさいですよ。寝ていたらどうするんです」

うららかな陽光が陰り、黄昏時に差しかかった頃――。

褥に座り、左右に開いた透かし障子越しにぼんやりと庭先を眺めていた真宵は、突如として静寂を破った声に瞬きを増やした。

明後日の方向に流れていた意識が戻ると同時、跳ねるように部屋に飛び込んできたのは、褐色の紅。

驚きに目を丸くする。

元気よく現れたのは赤羅だった。隣には、呆れ顔の蒼爾の姿もある。

「おっ、起きてるやん。ひっさしぶりやなあ、お嬢っ!」

「わっ……」

赤羅は真宵の姿を視認すると、ぱっと嬉しそうに顔を綻ばせて勢いよく抱き上げてきた。そのまままくるくると回られて、ついつい強張《こわば》っていた体から力が抜ける。

「セッちゃん、蒼ちゃん」

ふたりと会うのは、実に二週間ぶりだった。水底に沈んでいた心が浮き上がるのを感じながら、真宵は落ちないように赤羅の服を掴む。

回るたびにひらりと舞う菫《すみれ》色の広袖は、あまり見ない七宝《しっぽう》柄だ。

隣にいる蒼爾も、露草色の籠《かご》目柄の広袖。こちらもまた珍しい。

ふたりは動きやすさ重視のためか、普段は簡素な狩衣や長着一枚でいることが多いのだ。広袖姿は、どちらかというと冴霧の方が見慣れているかもしれない。

（かくりよに行ってたから、かな）

そもそも神々や怪の服装は、基本は和装にしても時代背景はバラバラであり、各自気に入ったものを身につけているので、統一性はないのが実情だ。

日ノ本の神々としての矜持《きょうじ》ゆえか、洋装は総じて好まない印象があるけれど。

「ふたりとも、いつ戻ってきたの？」

ようやく赤羅が落ち着いたところで、真宵は切り出した。

「ついさっきですよ。ようやく向こうでの仕事がひと段落ついたので」

「えらい時間かかってもうたわぁ。オレらな、ずうっとお嬢が気になっててん」

な？と話を振る赤羅に、蒼爾が恭しくうなずいた。

「主から連絡はもらっていましたけどね。しかし、状況がどうも……」

「んなあ。で、体調はどない？　起きてて大丈夫なんか？」

話が見えない。

けれど、相変わらずだ。

このふたりといるとホッとする。

胸の奥が春天にじんわりと温められていくような、無条件に身を任せられる相手。

「……どうなんだろうねぇ」

だからだろうか。つい、ぽろりと本音がこぼれ落ちていた。

ふたりはその曖昧な答えを図りかねたのか、戸惑い気味に視線を交わし合った。

――あの日、冴霧と気まずくなってから約一週間。

それまで夜にしか出ていかなかった冴霧は、昼間にも仕事に出るようになった。

一応毎日、数時間程度は帰ってきているものの、真宵のもとへ来ないことも多い。

だからといって、なにか不都合があるわけではないのだけれど。

なにせ、この冴霧邸には強力な結界が張られている。曰く、冴霧が許可した者しか入れない仕様で、仮に結界に異常があればすぐに気づけるようになっているらしい。

それゆえに、冴霧がいなくても奇襲の心配はない。

真宵とて、それは理解していた。

冴霧が屋敷にふたりを残していなくなるのも、別段おかしなことではないのだろう。むしろ真宵のせいで仕事ができない日が続いていたのだから、その影響で多忙を極めているという可能性もある。

(でも……でも、寂しい)

残り時間が少ないのだ。もういい。愛想を尽かされたのなら、もうそれでかまわないから、せめて最期のときまでそばにいてほしい。

我儘《わがまま》なのは承知しているけれど、そう思ってしまう。

何度も何度も、数えきれないくらい冴霧の求婚を断ってきたのは自分なのに、いざ死を目前にするとどうしようもなく不安をかき立てられた。

心細かった。

気持ちが迷子になりそうだった。

自分と子狐以外の者がいないこの屋敷では、物音ひとつしない。

生活感も生き物の気配も皆無だ。

天照御殿だってまだ音があった。管理のために残った神使たちがあくせく仕事をしていたし、たまに天神会関連の神々が顔を見せることもあったから。

さすがに離れではふたりきりだったけれど、ただの庵と屋敷では雲泥《うんでい》の差である。

ここは、衣擦れの音すらみだりに響く。

それが無性に、心を巣食う寂寞《せきばく》を引き立てる。

「ごめんね、ふたりとも。……私、冴霧様に嫌われちゃったかもしれない」

ひとりぼっちになってしまったのか、と。

まるで心にぽっかりと穴が空いてしまったような精神的な虚無感と、自分が自分でなくなるような物理的な虚脱感。

両者が錯綜するなかで考えるのは、そればかり。

うしろ向きな考えを否定できるほどの気力も体力も残っていないから、悪循環で。

「やっぱりなあ。まあそんなことやろうとは思っとったわ」

「ええ。お嬢、主となにかあったんでしょう?」

真宵は、のろのろとふたりを見上げる。

鬼たちはそんな真宵に心底困った顔をして、その場に腰を下ろした。

大柄な赤羅の太腿の上に座らされ、真宵は沈痛な面持ちを隠しもせず眦《まなじり》を下げる。

「実はな、オレら、主はんに頼まれてお嬢のお見合い相手を探してたんやけど」

「……お見合い……結婚相手ってこと?」

「ん。せやけど、どう考えてもおかしいやろ。あんな惚気てた主はんに限って、んな気ぃ狂ったようなこと言い出すとか世界の終わりかと思うやん」

にべもない言い方ではあるが、蒼爾は同意するように深く顎を引く。

「それに、ここ一週間ひどく荒れていましたからね」

「……冴霧様が荒れてるのはいつもじゃない？」

「いいえ、主はああ見えて基本的に冷静沈着な方ですよ。感情的になるのはお嬢のことだけです。まったく、ただでさえ危うい状態だというのに——」

焦ったように腰を浮かせ、「蒼ちゃん！」と口を挟んだのは赤羅だ。

「そのへんでやめとき。余計なこと言うたら殺されんで」

「ええ。ですが、そろそろ赤羅もうんざりしてきたところでしょう？」

そらな、と赤羅が苦い顔で身を竦める。

なんだか既視感のあるやり取りだ。

「ところで、コンちゃんはどうしたん？」

「白火ならお買い物に出てるよ。夕飯の材料がなくなったって」

「あー、主はんはオレらしか従者がおらんからなぁ」

大神ともなれば、多くの神使や従者を抱えているのが普通だ。

身の回りの世話はすべて神使任せで、自分は惰眠を貪《むさぼ》るという神も少なくない。

必要最低限の従者のみを従えて、自ら生活をしている冴霧は異端なのだ。

前にさりげなく理由を聞いたときは、仕事でほぼ家に帰ることがないからだと言っていたけれど、まあ十中八九、それだけではないだろう。

そもそも冴霧は、あまり他者と関わろうとしない節がある。

「……それで、お見合いってなに？」

「ああ、せやった。ええとこれな、オレらが挙げた見合い相手の候補んなかから、主はんの厳しい見識を通った連中をまとめたもんや。ちと覗いてみい」

赤羅が蒼爾が抱えていた紙袋を受け取って、ほいと臆面もなく渡してくる。

恐々となかを覗き込めば、何十冊もの冊子が入っていた。

ひとつ取り出して開いてみると、そこにはおたふく顔の幸せそうな神様の笑顔。

左側には、この神様のあらゆる情報が事細やかに記されていた。

「なにこれ」

自分でも驚くほど冷え切った声が出た。

「言うとくけど、命じられたからしゃーなくやったんやで」

「私たちはお嬢と主が結婚すると信じてますからね」

否、もう向こうにその気がないから、これを用意させたのではないのだろうか。

（……まあ無理もない、というか、予想通りというか）

愛想を尽かされたという真実の推測は、どうやら的を射ていたらしい。

ここまであからさまに拒絶の意を示されると、いっそ清々しいような気もする。

とはいえ、こんなものを間接的に渡されて『はいわかりました』と素直に他者と結婚すると思われているのは、なんとも、非常に、癪《しゃく》というか。

(自業自得、と言われればその通り……か)

どんな思惑があろうが、真宵が冴霧の求婚を断り続けていた事実は覆せない。

冴霧がその理由を正しく汲み取ってくれなかったのは、悲しくなるけれど。

しかしそれも、ちゃんと真意を伝えなかったこちらが全面的に悪い。

「あの、ふたりには本当に申し訳ないんだけど……これはいらないよ。知らない神様と結婚なんてしたくないし、最初からする気もないもの」

いくら自分の命がかかっていても、好きでもない相手と夫婦になるなんてとんでもない。むしろそんな選択ができるのなら、さっさと楽な方に転がっていただろう。

「やんなぁ。ならやっぱり主はんやろ？」

「……あはは、それもないかな。冴霧様の方がもうその気ないみたいだから」

鬼たちの目が豆粒のように点になる。

真宵の言葉を理解するのに時間を要したのか、しばし沈黙したあと、くわっと目を見開き、「いやいやいやいや」とそろって言い募った。

「ちょっと待ってください。なにがどうなってそうなったんです!?」

「せや！　あの主はんに限って、そら有り得んことやで！」

とは言ってもなあ、と真宵は苦い笑みを浮かべるしかない。

実際、これだけ避けられているのだ。

真宵があれだけ迫ったにもかかわらず、冴霧は変わらない。

その変わらない理由が、すなわち避ける理由でもあるのだろう。

今ここにあるのは、〝冴霧が真宵から離れることを決めた〟という事実のみ。

「冴霧様ったらひどいよねえ。これ、私に生きろって言ってるんでしょう？」

「そ、そら……お嬢が死ぬなんて、そんなんオレらも嫌や。たとえ気持ちがなくとも契りさえ交わせばこれから先も生きられるんやし、最悪は――」

「たしかに生きられるけど、それってすごく酷なことじゃない？」

好きでもない相手と結婚して、愛されることなくただ生き長らえるだけだなんて。

向こうは真宵の力を求めて結婚するだけだ。

その代償として真宵には神の加護が施されるが、そんなものはもはや鎖に繋がれているのと同義。一歩間違えれば、耐え難い地獄を味わうこともあるだろう。

真宵は知っている。

神々が、決してよいモノだけではないことを。

ともすれば人や怪よりも揺らぎやすく、堕ちやすいモノだということを。

「……もしかしたら、長い年月のなかで生まれる恋もあるのかもしれないけどね。でもきっと私には当てはまらない。ヘタに〝好き〟って気持ちを知っちゃってるから、どんなにごまかしても比べちゃうだろうし」

　恋は面倒だ。なにもかも思い通りにはいかない。振られてもなお引きずるこの想いに、自分がどれほど本気なのか、嫌と言うほど思い知る。

「なんとなくね、私は冴霧様から逃れられないと思うんだ」

　いっそすべて忘れてしまえたら。記憶ごと捨ててしまえたら、楽なのに。

「──ふむ。人とはそういうものなのですか？」

「うーん、自分以外の人の子に会ったことないから、それはわからないけど……」

　感覚的なもの、とでも言うべきか。幼い頃から変わらない気持ちだからこそ、なかば諦めの境地でそうなのだろうと受け入れているだけの話。

　なにしろ真宵の冴霧への好きは、これだけ拒絶されても潰《つい》えないくらいの想いだ。

　あの顔も声も性格も──冴霧という存在丸ごと、真宵はこの世界の誰よりも好きだという自信がある。ここまで来てしまえば引き返せない。

「もう、いいんだよ。ふたりとも」

　ゆえにこそ、いい加減、真宵も腹を括《くく》るべきなのだ。

　人と神様。本来は交わることのなかった存在同士が惹《ひ》かれ合ったところで、世界はそう簡単に許してくれなかった。繋がりを、縁を、持ち得なかった。

それが運命《さだめ》だというのなら致し方がない。

交渉は決裂。婚約破棄。

真宵と冴霧の関係は、これにて終幕。

（……なんて、そう簡単に受け入れられることでもないけれど）

人知れずため息をついたそのとき、赤羅が「なるほどな」といつもの数倍低い声で唸った。思わずびくりと身を震わせながら、真宵は瞳を揺らす。

「それがお嬢の答えっちゅうわけか」

いつもの人懐こそうな笑顔は鳴りを潜め、赤羅はひどく剣呑《けんのん》な目を向けてくる。いまだかつて見たことがないほど、眇められた梔子色の瞳が冷たい。

「よおくわかったで」

「ちょ、赤羅！　なに言いくるめられてるんですか！」

「しゃあないやん、蒼ちゃん。お嬢は変なとこで頑固やから、きっとこの答えが覆ることはあらへん。なら、もうオレらが覚悟決めなあかんやろ。お嬢の死もそりゃ問題やけど、目下のところ、オレたちに直接関わってくるのは主はんのことやからな」

そう言い捨てるや否や、赤羅は真宵を腕に抱いたまま勢いよく立ち上がった。

唐突に横抱きされた真宵は、反転した視界に目を白黒させながら悲鳴に近い声をあげる。

「ちょっ、えっ、なに⁉」

「赤羅……あなたまさか……」

蒼爾が呆気に取られたように赤羅を見上げ、鶯色の瞳を戸惑いに染めた。

「そのまさかや。お嬢には悪いけどな、オレは主はんが大事やねん。心底不器用で、色事には疎いどうしようもない神やけど、やっぱり失うのは嫌やねん」

「う、失うって……」

赤羅は大股で部屋を出ながら、真宵を一瞥する。

天を仰ぎながらも、遅れずうしろを追ってくる蒼爾は「どうなっても知りませんからね」とどこか投げやりだ。こうなった彼は止められないとわかっているのだろう。

やがて、冴霧邸の正門を出たところで赤羅が立ち止まる。

「──神堕ちって知っとるか？　お嬢」

「ええ、と」

神堕ち。

赤羅の言葉を頭のなかでゆっくりと反芻して、必死に記憶の箱を探る。だが、こんなときに限ってパッと出てこない。

だが、昔、どこかで聞いた気がした。

おそらく誰かの会話を聞いたとか、そんなレベルでだけれど。

「……邪神化《じゃしんか》って言えばわかるやろか？」

──邪神。

人に災いをなす神のことだ。

詳しくは知らないが、邪神は存在の核の部分から穢れたモノであるため、神聖な高天原では存在できないと聞いたことがある。

「お嬢も、神の穢れくらいは知っとるやろ。人々の願いを聞き届けて加護を施すたびに神が背負う代償のことや。これはある意味義務やから、どんな神でも避けられへんのやけど」

「うん。かか様もそれが原因で眠っちゃったんだもんね」

「せやな。穢れが溜まると神力が弱まる。神力が弱まれば、人々の願いも聞き届けられなくなるし、存在も危うくなる。神力が完全に尽きれば、神とて消滅する。せやから穢れを落とすため、神力を回復するために眠ったんやな」

そう言い切った瞬間、赤羅は力強く地面を蹴った。あふれんばかりの妖力を全身にまとい、そのままかち割るように暮れなずむ上空を駆け抜ける。

「わ、わ、わ……っ」

内臓が持ち上がるような感覚に、真宵は目を回しそうになった。

ついこの間も、冴霧に刺激的な空の旅をさせられたが、なかなかどうして運転が荒い。もっと穏やかに、恐怖を感じることなく飛ぶことはできないのだろうか。

「赤羅！　飛ぶなら一言断りなさい。お嬢がびっくりしているじゃありませんか」

「んえ、堪忍なあ。せやけど今、大事な話の最中やったから」

蒼爾が赤羅の隣に並んで飛びながら、苦々しい顔で眼鏡をかけ直す。

この猛スピードで、どうして眼鏡が吹き飛ばされないのかが不思議だ。

「すまんけど、急ぐから移動しながら話すで。お嬢しっかり掴まっとき」

体を包み込む妖力のおかげだろうか。ある程度のところまで浮上しまっすぐ飛ぶようになると、体にかかっていた不快な圧力が消え去り、風すらも感じなくなる。

飛びながら会話などできるのかと不安になったけれど、凄まじい勢いで空を駆けていても互いの声は問題なく聞こえた。どうやら妖力で風音すら遮断しているらしい。

「すべて話すつもりですか、あなた」

「こうなったら手段は選んでられんやろ？」

「……まあ、それは否定しませんが。しかし、お嬢には否が応でも厳しい話になるでしょう。もう少し気遣いながら話しなさい」

「オレ、そーいうの苦手なんやけどなぁ」

赤羅と蒼爾を交互に見ながら、真宵は落ちないように赤羅の腕にしがみつく。

巨躯の彼は体も相応にがっしりとしている。ゆえに安定感こそあるものの、それでも空を飛ぶことに慣れていない真宵には不安がつきまとうのだ。

万が一、落とされたら終わる。

神々や怪の回復力は人のそれとは比べ物にはならないが、真宵は正真正銘ただの人の子。彼らにとっては多少の怪我でも、真宵にとっては命にかかわる。

（というか、白火置いてきちゃった……）

よくも悪くも、真宵一筋。心配性の塊のような神使だ。買い物から帰って真宵がいないことに気づいたら、狂乱状態に陥ってしまうかもしれない。

大泣きしながら屋敷中を探し回る姿が目に浮かぶようで、真宵は気がそぞろになる。

「あ、あの、セッちゃん？　どこに行くつもりなの？」

「主はんとこや」

「いや、なんで!?」

さっき真宵と冴霧の確執について話したばかりではなかっただろうか。

今さら顔を合わせづらいのは、真宵も同じ。

どうせ別れることになるのなら、もういっそ誰も彼もから忘れ去られた状態で、ひとり隠遁《いんとん》して静かに眠りたいとすら思う。

だというのに、わざわざ自分から会いに行くなんて――。

「お嬢はなぁ、なんやひとつ思い違いをしてるんよ」

「主はんが自分のことを話さんのは、お嬢のことを傷つけたくないからや。でもな、たぶんそれはお嬢が考えてることよりも、ずうっと酷なんやで」

酷、とは。

真宵は戸惑いながらどういうことだ、と赤羅を見る。

けれど、答えたのは蒼爾だった。

「あのお方はこの十九年、あなたを傷つけるようなことはすべて、たとえどんな方法を用いてでも取り除いてきました。それが不器用なあの方なりの愛情の示し方だったわけですが……内容はいささか口にするのをためらうものばかりですからね」

「そ、そんなにひどいの？」

「無論、そう捉える方もいるでしょう。事実、あの方は同じ神々からも恐れられていますから。まあそれが〝仕事〟ゆえ、致し方ないのですけど」

赤羅と蒼爾はちらりと目配せし合って、空中でゆっくりと止まった。内心『ここで？』と思うが、口には出さずに飲み下した。ふたりの目がやけに真剣だったから。

「──主はんはな、天神会で〝荒事〟担当なんや」

「あ、それ前も……」

「ええ。……ここで言う荒事とは〝処刑〟という意味合いで用いられています」

処刑――？

聞き逃すにはさすがに物騒すぎる言葉が飛び出して、真宵は石化する。

「お嬢は、龍神様の――ひいては主の神命をご存じですか？」

「神命？　え、えっと……龍神様はたしか、事象の流れを司る神様で……」

考えてみれば、真宵は冴霧の神命を詳しく知らない。神としての存在に準じた神命であることはたしかだが、はっきりとどんな力だと聞いた覚えはなかった。

その手の話を、神々が避けがちというのもあるけれど。

「そうですね。無機物でも有機物でも……かくなる上は森羅万象例外なく、なにかしらの形としてこの世に生まれ出た以上、モノは時間を持ちます。事象の流れとは、言い換えればそのモノが辿る時の流れのことなのです。ですので、まあ端的にあのお方を表白するならば〝生命を司る神〟となるでしょうか」

「生命……」

すなわち、命の始まり。

そう理解した途端、なぜか胸がひどくざわついた。

剥がれかかった真宵の魂が、それ以上聞くなと警鐘を鳴らしているような。

この先に踏み込んでしまったら、もう二度とそこに蔓延る闇からは抜け出せない。

そんな確信にも近い予感に、真宵はたじろいだ。

しかし、今さら聞かないという選択もない。

だってこの話はおそらく、冴霧が隠し続けていた——否、真宵の知りたかった冴霧の秘密に直接関連しているから。

「そんな主の神命は〝流れ〟を操る力——いえ、ここはあえてモノを〝無〟に還す力と言った方が適切かもしれませんが。無とはすなわち消滅です。神としての存在そのものを消す。魂あるものは魂ごと地に還す。つまり、そのモノが持つ流れを生まれる前に巻き戻して、存在ごとなかったことにする。……それが、主の神命なのです」

重々しく言い切った蒼爾の言葉を理解するのに、時間がかかった。

だが、次第に合点がいくようになる。

冴霧はよく〝消す〟だの〝無に還す〟だのと乱暴な言葉を放っていたけれど、あれは比喩でもなんでもなかったのだ。

「無に還るっちゅうのは、死ぬのとは根本的にちゃうからな。死後の輪廻転生も叶わんし、神に限っては天昇も不可能になる。言葉通り、なかったものにされるんや」

天昇とは、いわば神々における〝死〟。

流獄泉に流されるような罪を犯さず、信仰が尽きるまで真摯に神業を請け負い、己の神力が尽きて名実共に役目を終えた神だけが迎えることができる。

天昇した神は輪廻の流れに乗り、やがてはさらに高位の神として生まれ変わると言い伝えられている。

つまり、冴霧が神々に対して神命を使った場合、もうその神は二度とこの世に生まれ出ることは叶わなくなる。たとえそれがどんな形であっても。

……そういうことなのだろう。

殺すともまた異なる――生命的な存在として否定される。

ぞくっとした。

背筋に冷たい怖気が走り、頭の先からみるみる血の気が引いていく。

(じゃあ、あのとき……)

あの泉で冴霧が〝無に還した〟ものは、本当に存在ごと消えてしまったのだ。

死体すら残らず。

この世界に生まれ出たという記録すら、残すことなく。

「ま、って。じゃあさっきの、処刑って……」

にわかには信じられない。が、そうとしか考えられない。

でも、信じたくない。

真宵の問いかけに、蒼爾は目を伏せながら無情にも静かに顎を引いた。

「……使いよう、見ようによっては、この世のなによりも重い刑罰になります。ゆえに流獄泉などの罰では手に負えない相手には、主が駆り出されるのです」

「それが主はんの〝お仕事〟なんやよ。お嬢」

赤羅と蒼爾の顔は自分のことではないのにもかかわらず、悲痛に歪んでいた。

その表情だけでも、相当な負担がある仕事なのは明確だ。

一見暴君そうに見えて、本当は誰よりも優しい心を持っている彼が——そんな残忍で残酷な仕事をやらされているなんて、想像したこともなかった。

「そして、お嬢。あなたは天神会で〝保護〟されている存在です」

「……え？」

「あなたは稀代の清めの巫女だ。言い方はよくありませんが、高天原の宝そのものなのです。ゆえにこそ、あなたに手を出そうとした輩《やから》には厳しい罰則が下される決まりがあります。正式な法のもとでね」

「主はんの私怨やないってことは、ちゃんと理解してやってな」

赤羅が最後に言い添えて、蒼爾は真宵の頭に手のひらを滑らせる。

「主に仕える私たちも、これらの仕事に長く手を染めています。本当は、こんなふうに触れることすら許されないほど穢れきっているのですよ」

「蒼、ちゃん」

「ふふ。主があなたに入れ込む理由もわかります。ねえ、赤羅」

赤羅が泣き笑いのような面持ちでうなずく。

「ほんまにな。怪をここまで墜とし込む人の子なんてお嬢くらいやよ」

「私も赤羅も、お嬢のことは実の妹のように慕っていますからね。……そう、だからこそ、あなたに消えてほしくない。ヘタしたら私たちも無に還されかねないことを、こうして雁首《がんくび》差し出す覚悟で話しているのも、すべてはその思いからです」

「お嬢は知らないだけやで。全部全部、主はんは執拗《しつよう》に隠し続けてきたからな」

嘘でしょう、と真宵は動揺を隠せないまま喉を震わせた。

神命。

無。

還す。

仕事。

ならば、あの瞳に浮かんでいた絶望は。

（あの目をしていたときの冴霧様は、いつだって仕事のあとで——でも、どうして隠す必要があるの？　私に直接関係のあることなのに）

すべて初耳だった。この十九年、一度もそんな話は聞いたことがない。

冴霧だけでなく、義母である天利からも。

自分に関する法があることだって、なにひとつ知らなかった。

「隠し続けて、って、いうのは……」

「……清めの巫女に手を出した者は、たとえどんな内容であれ重罪。極刑が科されます。それは高天原において不文律ですが、まあ多かれ少なかれいるのですよ。欲に目が眩んで、あなたを無理やりにでも手に入れようとする、不毛な輩というのはね」

「で、でも、私、実際に手を出されたのはこの間の泉くらいで」

いいや、と複雑そうに赤羅がかぶりを振る。

「それが〝隠してきたこと〟や。主はんは処刑だけやなくて、お嬢に関することはすべて請け負っとったからな。大抵のもんは事が及ぶ前に凌《しの》いどったけど、たとえなにか起こったあとでも、お嬢にだけは悟らせんように手ぇ回してきたんやで」

つまり、未然にそれを防いでくれていたと。

真宵に怖い思いをさせないように、すべての脅威から守ってきてくれたと。

（そんなの……知らない……）

なんで、どうして、と問い詰めたいのに、喉が締めつけられてもう声が出なかった。

ならばこの十九年、真宵は冴霧のなにを見てきたというのだろう。

冴霧は、真宵の知らないところで、真宵を守るためだけに傷ついてきた。

あの絶望に染まった顔をさせてしまっていたのは、他でもない自分だった。

その事実だけが脳裏を旋回《せんかい》し、他のことはいっさい考えられなくなる。

「……な？　お嬢、今めちゃくちゃ傷ついてるやろ？」

「っ……」

「やから主はんは話したくなかったんや。——お嬢には、なにも知らず、ただのびのびと幸せに暮らしてほしい。それがなによりも主はんの願いやったから」

気づけば、真宵の頬に一滴の涙が伝っていた。

そんなことが起きているとはつゆ知らず、真宵は数々の言葉で冴霧を傷つけてきてしまったのだ。

思い返せば思い返すほど、身勝手で愚かすぎる。

なにが癒しになりたいだ。

冴霧にとって、真宵の存在は〝絶望〟そのものだったのに。

「……ここで、話を戻すのですが」

流れた涙を指先で労わるように払いながら、蒼爾は言いにくそうに息を吐く。

「いくら神とはいえ、モノを〝無〟に還すことにはそれなりの代償が伴います。此度の主の自棄的な判断も、もとを辿ればその代償が原因なのです」

「代、償……？」

「神命は多くの神力を消費するだけでなく、使うたびに穢れを負うものです。それがただ神力を使う場合と比べて、規格外なほど膨大なことはご存じですか？」

真宵は目線だけでうなずいた。

「主の場合はそれが特殊で、願いを聞き届けた際に負う穢れとは別の代償を請け負ってしまうのです。というより、神としての力を行使しすぎた罪ですかね」

「罪──」

「神々の間では神罪と言われています。この世の理、触れてはならないもの、いくら神とて歪めてはならないものに手をつけると、そう見なされるとか。そして主は自身の神命こそ神罪なのです。本来、運命を力づくで断ち切るのは御法度なんですよ」

たとえ神でもね、と物憂げに告げた蒼爾は、おもむろに眼鏡を外した。

それを懐にしまうと、結膜の黒い瞳でじっと真宵を見つめてくる。

「罪を重ねた神は、大量の穢れと同時に〝邪〟と呼ばれる呪を被るのです。呪は神聖な神力を邪なものに変えてしまう。やがて邪に呑み込まれれば、堕ちます」

「いわゆる神堕ち──邪神化やな」

「神が本来の形を失った姿とでも言いますか。堕ち切った神は自我も記憶もなにもかも失い、暴走の果てにやがては神力を尽かして消滅してしまう……」

鉛を抱えたように重々しく述べた蒼爾は、自身の目を指さした。

「神や怪──あやかしと呼ばれるモノは、邪を負うと体になにかしらの変化が現れることが多いのですよ。神力や妖力など、そのモノの核の部分を邪に侵されているので、まあ当然と言えば当然なのですが……実はこの黒眼も初めからそうだったわけではなく、罪の顕れなんです。黒蝕という言葉に聞き覚えは？」

真宵は首を振る。

覚えていないだけかもしれないが、記憶にない。

「人の子には現れませんからね。あやかし界では常識ですが、天利様も不必要なことは教えないようにしていたようですし、無理もありません」

「蒼ちゃんだけやないで。上空やし今は見せられんけど、オレも背中は黒蝕に染まっとるし。ああほら、爪先なんかもな。怪はもともとこういう特徴してるモンも多いから、正直目立たんのやけど。……でもま、主はんなんかはわかりやすいやろ」

赤羅の言葉に息が詰まった。

「……まさか、冴霧様の、あの髪は……」

見るたびに美しい白銀を脅かしていた漆黒を思い出して、全身が粟立った。

「ええ、主の髪はすべて黒蝕による変化です。ちなみに神々の間では、黒蝕の影がチラついた時点で〝眠り〟の目安だと言われています。邪は通常の穢れとは比べ物にならないほど神力を喰い荒らすので、たとえ大神でも長くは持たないのだとか」

罪を重ねれば重ねるほど、邪は神力を侵し、黒蝕が増す。

罪の量を如実に表したものが、あの髪の漆黒部分だとするのなら――。

「ま、待って。だって、それじゃあ、冴霧様の髪はもうほとんど……っ」

「だから限界なのですよ。神堕ち寸前……お嬢と同じように時間がないんです」

あまりの衝撃に失神しそうになった。

ふらりと脱力した真宵を、赤羅が慌てて支えてくれる。

そのまま焦燥感剥き出しで「やからな！」と焚きつけるように続けた。

「そこでお嬢が必要なんや！」

「わ、たし……？」

「お嬢の浄化の力がこれほどまでに特別だともてはやされるのは、単に穢れを祓えるからではありません。人間界にはいまだある程度、力のある者は存在しますしね。無論それができる術者は限られますし、相対的にも決して多くはありませんが……それでもこうして、神々が躍起になって囲うほど貴重ではないのです」

──清めの巫女。

そう呼ばれ、神々に尊ばれる所以《ゆえん》。

考えたことがなかったわけではない。

ただ、踏み込んではならないと天利に強く言い聞かされていた。

過分な知識は身を滅ぼす。

ひいては周囲に悪影響を及ぼすからと。

「あなたは穢れだけではなく、〝邪〟も祓うことができるんですよ。お嬢」

できる。

「はい。清めの巫女は長い神界歴でも片手で数えるほどしかいない。主からはそう聞いています。こう言ってはなんですが、天利様が主をお嬢の許嫁に決めたのはこのことが大きいのかと。もちろん双方の想いを汲んでの判断でしょうが」

浄化の力を持つ真宵は、魂の契りを交わした神の穢れを無条件に清め続けることができる。

それは冴霧のような大きな穢れから逃れられない神に、もっとも必要な力だ。

穢れだけではなく、彼が真宵のために背負った罪すらも祓えるというならなおさら。

「っ……罪を、祓うってこと……？」

「——……そんなの、知らないよ……」

聞いてない。ちっとも、少しも、一ミリも。

聞いていたら、もっと早く結婚を承諾したのに。

すべて教えてくれていたら、こんなふうにすれ違うこともなかったのに。

そう思った。

けれど、きっとそうではないのだとも思う。

「……やっぱり冴霧様は、たとえ結婚しても隠し続けるつもりだった？」

「おそらくは。それがあなたを守る上で、最重要条件でしょうからね」

「やけど、こうなったらもうアカンやろ。このままじゃあどっちも共倒れや。お嬢は死ぬ。主はんも堕ちて消える。そんなんどこに幸せがあるん？　最悪のバッドエンドやないか。オレらやコンちゃんのことも、もちっと考えてくれっちゅう話や」

すべてを知った上で聞いてみれば、いっそ罪悪感が湧くほど正論だった。

当然の訴えだと、真宵は頭を抱える。

もしも自分が赤羅たちと同じように置いて逝かれる側の立場ならば、もっと早い段階で考えを改めろと反抗していたはずだ。しかし、ここまで辛抱《しんぼう》強く耐えてきた鬼たちは、やはり相当な主思いで心優しい従者なのだろう。

「……でも、セッちゃん……もう遅いよ」

「んあ？」

「だって冴霧様はたぶんもう、私を受け入れない。全部知りたいって、教えてって言ったけど、拒絶されちゃったから。教えてくれないことが苦しいんだって、隠されてることがなによりつらいんだって言ったから……だから冴霧様は離れたんだもの」

本当に、本当に心の底から、冴霧は真宵を愛してくれていた。

神々の世界でたったひとり生きる人の子を、己のすべてを用いて守ってくれていた。

傷つけることはすべて、なにもかも取り除いて。

どうかなにも知らず、幸せになってほしいと。

そんな彼が、自分といることで真宵が傷つくと知ったらどうするだろう。

――考えるまでもなく、最悪の結末が脳裏をよぎる。

「どうしよう、私……」

「そう簡単に諦めんなや。お嬢らしくもない」

「っ……」

「そうですよ。お嬢は聡く賢い人の子でしょう。すべてを知った今、今後どうするのかを判断するのはあなた次第ですが……答えなど本当はもう掴んでいるのでは？」

赤羅と蒼爾が、真宵の頬にとめどなく流れる涙を拭いながら微笑む。

「私たちは、主とお嬢の幸せをなにより望んでいます。あのお方は自らが犠牲になることをいっさい厭わないおバカなので、強制的にでも止めてくれる存在が必要なのですよ。私や赤羅は右腕や左腕になることはできても、伴侶にはなれませんからね」

「ほんま周りはヒヤヒヤもんやで。主はん、肝心なとこで根性なしやし。ここはもうお嬢が突っ込むしかあらへんやろ。つか、はよう気持ちぶつけて収まるところに収まってくれんと、もうオレ、ストレスで禿《は》げそうでなぁ」

虚空を見つめながらぼやいた赤羅に、思わず小さく吹き出してしまった。

主に対してずいぶんと不遜な物言いではあるが、不躾《ぶしつけ》な言葉の節々からは強い絆《きずな》が感じられる。

「大丈夫、セッちゃんは禿げてもきっと素敵だよ」

無条件に互いを信頼していないと、こうも大胆な行動はできない。口外してはならないことを打ち明けてくれた鬼たちの覚悟。それを思えば、いったいなにを迷っていたのかとバカバカしくなるほど心が晴れていく。

ふたりの首を守るためにも、今度は真宵が動く番だ。

(そうだ……泣いてる場合じゃない。失ってからじゃなにもかも遅いんだから)

真宵は袖口でしとどに濡れた目元を擦り、静かに想いを噛みしめた。

……やろう。やってやろう。

もう振り回されるのはごめんだ。

だって真宵は、冴霧と同じ景色が見たい。

冴霧と同じ世界で、笑ったり、泣いたり、怒ったりしていたい。

それはきっと、生きたいという思いの裏返しだ。

今も昔も、真宵が思い描く未来には、必ず冴霧の姿がある。

冴霧がいない未来でひとり生きていくくらいなら、共に散った方がまだいい。

(あの方は――冴霧様は、孤独だった私のそばにいてくれた。ずっと、ずっと。何度も、何度も。ひとりじゃないって、俺がいるって言ってくれていた)

けれど、本当の意味で孤独だったのは、彼の方だったのかもしれない。

誰にも弱さを見せられず、自身の宿命に追い詰められて。

しかし追い詰められていることからも目を逸らし、彼はいつも〝誰かのため〟に神として振る舞っていた。自身の傷など顧みず、常に神であろうとしていた。

冴霧は誰よりも強く聡明で美しい、最強の神様だ。

けれど、強さの裏側には同じだけの弱さがある。きっとその弱さを、真宵は知りたかった。骨の髄まで、心の核まで知り尽くして、全部丸ごと受け止めたかった。

――そうして、共に生きる道を選びたかった。

(私だって……冴霧様をひとりにはさせたくないもの)

たとえ世界が許さなくとも。

たとえふたりの運命が重ならぬものだとしても。

真宵は、意を決して、顔を上げる。

「――ふたりともお願い。私を天照御殿まで連れていって」

第伍幕　巫女と龍神の辿る道

「冴霧。貴様、やはり相当な阿呆だろう」

のらりくらりと歩いていれば、うしろから数歩の距離をついてきていた翡翠が唐突に言葉を投げてきた。

声音はどこか気怠げにも思えるが、いつもより硬質だ。

「なんだ、藪から棒に。喧嘩売ってるのか？」

「違う。貴様の行動に道理がなさすぎて腹の底から呆れているんだ」

場所は高天原の東奥部。

外れも外れ、端っこの最果ての地と呼ばれる場所。

黒々しい暗雲に空が覆われているせいで、まだ陽は沈みきっていないというのにあたりは薄暗い。妖術で灯火を浮かべていなければ、真夜中と誤謬《ごびゅう》するほどだ。

ところどころひび割れた地面は水分を失い干乾びて、歩くたびに乾ききった土塊が転がる。周囲には、冬でもないのに葉を失った枯れ木の幹と、隕石《いんせき》かと思うほど黒々しい大小さまざまな岩石のみ。ぽつぽつと朽《く》ちた空き家は点在しているが、まるで生き物の気配はなかった。

この見るも無残に荒れ果て、とうの昔に忘れ去られた閑寂な地が――しかしまごうことなく神々の住まう高天原の一角だとはとても信じ難い。

（あいつに……真宵に見せたら、驚きすぎて顎を外すかもしれないな）

なぜこんな辺鄙なところにやってきているのかといえば、無論〝仕事〟だ。

ちなみに翡翠は勝手についてきた。さしずめ友の愚行を止めようとかそんな魂胆だろうが、わざわざ従者の鬼たちと高天原へ昇ってくるなどご苦労なことである。

「真宵嬢を嫁にもらうんじゃなかったのか」

「あー。やめた」

「そんなホイホイとやめられるものか、すかぽんたん」

きょうび聞かない言葉をぶつけられて、さしもの冴霧の足も止まる。

振り向けば、翡翠は眉間に深い皺を刻み、やはり数歩の距離を置いて立ち止まっていた。

この微妙な間は、冴霧から漂う〝邪〟が不快なのかもしれない。

「関係ないだろ、おまえには」

「抜かせ。ここまで付き合ってやったのは誰のためだと思ってる」

「そりゃあ大事な大事な旧友のため、だろうけどな？　それとこれとは話が別だ」

真宵はもう鬼たちと再会しただろうか。真宵に危害を加えないだろうと、偏見と独断で選別した見合い相手の写真でも見ているかもしれない。

そう考えただけでも腸が煮えくり返りそうだが、悲しいかな、自ら決めたことだ。

今さらなにを思っても仕方がない。

「っ、はあ。なぜそう不器用なんだ。自分が消えることにどうしてそこまでためらいがない？　貴様が消えて、どうして真宵嬢が幸せになると思う？」

「そんな先のことなんて考えられるか。あいつは幸せにならなきゃならないんだ。俺はそのためだけに、この十九年間、すべてを捧げてきたんだからな」

「それは彼女に救われたからだろう。しかしな、彼女を救ったのも――いや、救ってしまったのも、冴霧。貴様なんだ。天利様が眠った今、その責任を取れるのは冴霧しかいないんだぞ。わかっているのか」

ああうるさい小姑《こじゅうと》かよ、とうんざりしながら、冴霧はふたたび歩きだす。

「あいつが〝生きている〟なら、それが全責任の証だと思うが」

「……腹が立つな。今の貴様はまるで昔の――真宵嬢に出会う前の〝龍王〟そのものだ。なにもかも投げやりで、心を、生を捨てた動く屍。まったく虫唾が走る」

ずいぶんな言い様だ。しかし、嫌味なことに的は射ている。

「龍王とは本来そういうものだ。心など必要ない。おかしかったのは最近の方だろ」

答えながら、冴霧は昔のことを思い出す。

「……俺としても、この方が楽なんでな。なんも考えずに淡々と、それこそ操り人形同然に仕事をこなす。はなからこっちの方がお似合いなんだよ」

――天照大神から天神会の役員に下賜《かし》され、初めて処刑の執行を課された日。

冴霧は、心を殺した。殺さなければできない仕事だと、その日のうちに悟ったから。

その頃からの記憶は曖昧だ。細かいことはほぼ思い出せない。

どれくらい前のことだったかすらはっきりと覚えていないが、十九年前に真宵と出会うまで、そうして生きていたのだけはたしかだ。

従者の鬼たち以外との関わりを断ち、天涯孤独の身で〝神〟を永劫全うする。

それが龍神として生まれてしまった宿命だと受け入れていたのか、ただ逃れられない運命を諦めていたのかは微妙なところだが。

どちらにせよ、この極めて理不尽で、こちらの意思など関係なく課される仕事に反抗する気力も、当時の冴霧には残っていなかった。

――されど、十九年前。それは、突如降り注いだ邂逅だった。

発端は、自分に届けられた人の子の〝願い〟。

冴霧はうつしよにおいて、多くの信仰を得ている神だ。ゆえに届けられる願いも数知れず、特定の願いを叶えるというよりは、人々に相応の加護を与えるのが常だった。

そもそも神は、願いを聞き届けこそすれ、直接的に叶えることはほぼしない。

神に与えられたお役目は、信仰する民を見守り導くことだからだ。

ごく稀に気分で叶えてやるものもいるが、大抵の場合は神命を用いなければならないし、それによって被る穢れは膨大でとても割に合わない。

実際、信仰分の加護を返すだけでも十分にお役目は果たしているし、自らの身を案じれば当然のことではあるのだろうが――。

まあ大神の冴霧とてその口で、願いにより加護の度合いこそ調整するものの、一度たりとも人の子から届けられる願いを直接叶えたことはなかった。

――そのときまでは。

『どうか娘を助けてくれ』

あるとき、ふたりの人の子が同時に願った同じ祈り。

願いのもとを辿れば、それは献身的に神社を守り続けていた神主と、その神社に勤める巫女から放たれたものだった。

彼らが強い霊力を持っていたことも大きいのだろう。

それはまっすぐに冴霧のもとへ届き、間もなくぶつりと途絶えた。

その瞬間、願い主の命の灯が儚く消えたことを感じた冴霧は、さすがに驚いて、気づけば願いのもとを追ってうつしよへ下っていた。

仕事へ向かう道すがらだったにもかかわらず、である。

……あのとき、冴霧が失ったはずの心を動かされたのは、偶然か必然か。

冴霧が彼らを見つけたときには、やはり夫婦はもう事切れており、手の施しようがない状態だった。

散歩帰りに見舞われた不運な事故だったらしい。

そして夫婦であった彼らには、生まれたばかりの子どもがいた。

ほぼ即死だった彼らとは違い、願いに含まれていた娘は、まだかろうじて生きていた。言わずもがな重症で、最期を迎えるまでは時間の問題だったけれど。

……否、運命はすでに定められ、確実に死の一途を辿っていた。魂は体から剥がれる寸前であったし、そうなればもう助からないことなど目に見えていた。

幸運だったのは、その娘が強い霊力を宿す〝清めの巫女〟であったこと。

それならば役に立つ。

運命を捻じ曲げられるほどの価値がある存在だ。

救う大義名分ができる。

そう言い訳して、冴霧は人目を盗み、彼女を高天原へと連れ去った。

──人の世の言葉を借りれば、〝神隠し〟である。

まだ言葉も話せぬ、生後数ヶ月の赤子。

本人の意思など確認もできず、冴霧の判断でそうしたことだった。

ゆえに翡翠の〝救ってしまった〟という言葉も、あながち間違いではない。

「早いな、翡翠。あれからもう十九年──真宵も大人になるってもんだ。ついこの間まで、あんなにちびっこかったのに」

何千年を生きている神々にとっては、瞬きひとつ分ほどの儚く短い時間。

とはいえ、それ以前の記憶などないに等しい冴霧にとっては、神生の全容だったと言っても過言ではない。

実質、冴霧が冴霧として〝生きた〟時間は、この十九年のみだ。

「……人の子の成長は驚くほど早いからな。目を離す隙もない」

「さすが同志、その通りだ。──なら俺たちのような神は、いつだってそれを遠くから見守ってやることしかできないってことも理解してるんだろ？」

連れ帰りはしたが、最終的に決定打を下したのは天神会だ。

真宵はその存在の稀少さを買われ、天利や冴霧をはじめとした天神会上層部に属する神々によって強制的に生かされた。──本来の運命を捻じ曲げてまで。

真宵は知らないだろうが、定められた運命に干渉するのは正真正銘、この世の理に触れる禁忌だ。それを前提としても、清めの巫女という存在を失うのは、高天原にとって大きな損失だったのだ。

無論、神々には禁忌を破った責任がある。

真宵は天神会預かりのマレビトとして最重要保護対象となったし、清めの巫女に関する法は瞬く間に定められ、最高神である天照大神は義親を名乗り出た。

彼女は、本当に尽力したと思う。

真宵をただの人の子として、ただの娘としてあそこまで育て上げた。

巫女としての利用価値がある真宵を、私利私欲のために使おうとはせず、大切な我が子として守り、無償の愛を注いでいた。

それができたのは最高神たる所以か。天利以外には決して成し得ないことだった。

契りを交わさず神の加護を施し続けた反動で、いつもより二千年ほど早く眠りについてしまったのは——正直、高天原にとって大きな痛手であったが。

「……消えたら、見守るもなにもないんだぞ」

翡翠が唸るように言い放ち、眉間を揉む。

たしかにそうなのかもしれない。けれど、もとより神は人が思っているほど万能ではなく、人の想いなくしては生きることも叶わぬ脆い存在だ。

だからこそ、神々の間にもそれなりの秩序が存在するのである。そして、その秩序のなかで生きる神々は、罪を犯せばすべからく罰を受けなければならない。

それが道理で、世界の理だから。

ゆえに冴霧は、己に課せられた使命を特別視したことは一度もなかった。

まして自分だけ例外などと都合のいい考えは持ち合わせていない。冴霧だからこそ許されるこの仕事も、冴霧にとっては変えようもなく罪であった。

——否、これは紛れもなく〝神罪〟なのだろう。

最高神である天利が認めても、この世の摂理は許していない。

髪が無情に黒く染まるのも、世界が冴霧をそうと判断したためだろう。

冴霧はわかっていた。最初から、己の終焉《しゅうえん》を見据えていた。

（当然のことだ。命の重さはなににも代えられない）

ゆえに、いつか犯した罪を償わなければならないときはくる。いくらこれが宿命で、龍神としてあるために必要不可欠なことだとしても、その日は必ずやってくる。

理不尽かもしれない。だが、運命だ。抗おうとは思わない。

「……俺はな、翡翠。無から生まれ、無へ消えゆく——その儚く脆い命の過程を、途方もなく見届けてきた。だからまあ、こう言っちゃなんだが、この世の誰よりも命のことは理解しているつもりでな。これはその上での選択なんだよ」

償うとはつまり、冴霧が葬り去ってきた数多の命を背負うことと同義だ。

そうして初めて、摂理が動く。罪の数だけ葬られた命を、冴霧というひとりの大神の命を持って清算することで、ようやく〝宿命〟は果たされる。

そんなこと、初めからすべてわかっているに決まっているではないか。

冴霧は〝龍神〟なのだから。

森羅万象すべての事象の流れを辿る、この世でたったひとりの神なのだから。

「真宵には悪いが、俺にも使命がある。抗えないこともあるってだけだ」

「……まさか本気で言っているわけではあるまいな？」

生きとし生けるモノを司る龍神たるもの、神命が向く先に例外はない。

ゆえに冴霧は、己の流れも、己の生命の行く末も、一片の隙間なく巡り辿る。

最後には、許されぬ罪を犯した自身へも制裁を下さねばならない。

「本気もなにも、これはただの現実でしかないからな」

その現実がつらいと実感したのは、真宵と出会ってからだったが。

「なに、時間が流れりゃつらいのも悲しいのも一瞬だ。さすがにこの選択を愛情とは言わんが、俺は心の底から真宵の幸せを考えた末にこの道を選んだ。そこには嘘も偽りもない。……純粋な、俺自身の願いだよ」

時の流れは傷を癒す。どんなに大きな傷でも、そのままの形で残ることはない。やがては小さく、薄くなり、思い出の彼方へそっと消えゆくものだ。

多くの人の子は、そうして降りかかるつらさを強かに乗り越えてゆく。

だから冴霧は、きっとこの選択を後悔することはない。自分が消えることで本当の意味で真宵を守れるのなら、なにも迷いはしないのだ。

（……生きている限り、傷つかないやつなんかいやしない。ひとたび失うことを恐れれば、先に進むことは愚か、本当に大切なものすら見失いかねんからな）

「だが、それは彼女が望んだ幸せではないだろう」

「っ……あ？」

「自らを犠牲に大切な者を守ったところで、所詮《しょせん》は自己満足の域を過ぎん。残される者の傷は、どんなに小さくなっても完全に癒えることはないからな。それが愛する者ならばなおのこと、ともすれば呪いとなって存在を蝕む羽目になるぞ」

……なるほど。どうやら生粋《きっすい》の優男は冴霧を逃がすつもりはないらしい。

よろず屋らしいお節介とでも言うべきか。

いい加減に解放してほしいところなのだが——しかし、この最果ての地までついてきてくれた旧友を無下なく追い返すのも、なけなしの良心が痛む。

「実際、彼女が真に求めている幸せは、貴様が消えた時点で未来永劫手に入らぬものとなるだろう。それを彼女が前向きに受け止めるとは、俺にはとても思えんが？」

ふたたび立ち止まり振り返る。

翡翠は静かに苛立ちを浮かべ、冴霧を睨《ね》めつけていた。

「冴霧よ。他者の幸せなど、たとえ神でも測れるものではないぞ」

「…………」

「消えた者はもう二度と戻らない。どんなに強く願い祈ろうが、これに限り奇跡は起こらん。その喪失こそ、貴様は誰よりも理解しているんじゃないのか？」

「……はっ。なら、どうしろと？」

冴霧もまた双眸を細めて、翡翠を睨み返す。

「俺が心を殺して背負ってきたこの罪を……これからも幾度となく重ねていかなきゃならんこの罪を、あいつは共に背負いたいって言ったんだぞ」

はんと鼻を鳴らし、自嘲した。

「そんなことさせられるか？　おまえは心の底から愛した相手に、このどうしようもない絶望を背負わせられるのか？　なあ、自分に置き換えて考えてみろよ」

翡翠がぐっと押し黙る。

この男もまた、人の子を愛した神のひとりだ。もし自分と同じ状況になれば、きっと変わらぬ選択をするだろう。冴霧にはそう確信があった。

「俺はあいつを高天原に連れてきたときこそ、まだ自分がこんな腑抜《ふぬ》けになるなんて思っていなかったがな。見てみろ、この十九年でだいぶ懐柔されたろう。今の俺にとって真宵は、すべてを引き換えにしても後悔しないくらい大切な存在なんだ」

笑いたければ笑えばいい。神が人の子に絆されるなど情けないと。

そうして突き放してくれた方が、冴霧はずっと楽だ。

「……貶《けな》されたいのなら、俺ではなく他のやつにしろ。貴様の恋路については、正直なにも言えん。同じ人の子を愛した身、すべて自分に跳ね返ってくるからな」

翡翠の重々しい言葉には答えず、冴霧はぐしゃりと前髪をかき上げた。

なんやかんやと言ってはいるが、所詮は似た者同士なのだ。

――ただ、大切な者の守り方が決定的に異なるだけで。

◇

荒れ果てた地の一角にぽつんと佇む古びた小屋。周囲に灯りのない家々が散在するなか、唯一光が漏れるそこを前に、冴霧はぽきりと首の骨を鳴らした。

そうして容赦なく片足を振り上げ、いかにも脆そうな扉を蹴り開ける。

一応なけなしの施錠はしてあったようだが、そんなものはこの際、関係ない。

たかが蹴りくらいの衝撃でも、まるで土砂に突き破られたかのような轟音《ごうおん》が響く。

建物全体が今にも倒壊しそうなほど軋んだ。当然扉は崩壊したが、気にせず進む。

「おう、邪魔するぞ」

奥の居間から転がり出てきたのは、下膨れの顔が特徴的な小太りの男だ。

真宵よりも小柄な彼は、冴霧を見た瞬間、これでもかというほど青ざめた。

大きく目を剥き硬直したかと思えば、その額からみるみる玉のような汗が吹き出す。

「さ、冴霧様……!?」

「元気そうだな、山峰」

「へえ……いや、なんでこんなところに……!?」

山の守り神、道具屋、情報屋。

数々の名を持つ山峰は、困惑を滲ませて手に持っていた呪具を転がり落とした。

商品の管理でもしていたのか、突然の来訪にそのまま飛び出してきたらしい。

足元に転がってきた呪具を屈んで拾い上げながら、冴霧は愉《たの》しげに喉を鳴らした。

「はは、なに焦ってるんだよ」

「す、すんません。つい驚いちまったもんで……」

「まぁそりゃそうか。今日はな、ちょいと仕事で来たんだが」

「し、仕事……と言いますと?」

土足のまま狡猾《こうかつ》な笑みを浮かべて、冴霧はなかへ上がり込んだ。

落縁で後ずさる山峰の逃げ道を塞ぐように、一瞬にして背後に回り込む。

耳元で「なあ、山峰」と嗜虐《しぎゃく》的に囁けば、山峰は声にならない叫び声をあげてひっくり返った。どうやら腰を抜かしたらしい。

口ほどにもない。

呆れながらもかたわらにしゃがみ込み、わざとらしく小首を傾げてみせる。

「んなの、おまえが一番わかってると思うがな」

「な、なななななんのことやら」

「おーここでしらばっくれるか？　いいぜ。なら説明してやろう」

冴霧は山峰の首根っこを捕まえると、そのまま外へ引きずり出した。

恐喝まがいの乱暴なやり方であるのは重々承知しているが、仕事のときはこれが通常運転だ。相手は犯罪者、変に畏《かしこ》まったり威厳を見せずにいると舐められる。それなりの態度を示さねば取り締まりなどできるはずもない。

家先で待機していた翡翠は、粗暴な様子が気にくわないのか、あからさまに顔をしかめている。なにかと穏便に事を済ませようとする翡翠にとっては、あまり気持ちのいいものではないのだろう。

「どこぞの極道でそんな非道極まりない攻め方を学んできたんだ。趣味が悪い」

「余計なお世話だ」

鞠《まり》のように放り投げられた山峰が、翡翠を見上げて顔を引きつらせた。

「あ、あなた様は……っ」

「久しいな、山峰」

よろず屋とは業種が似ているからか、どうやら知り合いらしい。

まあ天神会の役員でこそないが、翡翠は内々でもそれなりに名の知れた大神だ。かくりよで知らない者はいないし、その名を聞けば大抵は『あの噂の』となる。冴霧とは別の意味で恐れられている男なのだ。

「なぁ、翡翠。面倒かけるがちょっくら今回の経緯を説明してやってくれないか。どうもこいつは、身に覚えがないようなんでな」

「ほう？」

瞬間、絶対零度まで落ちた翡翠の瞳の奥が冷徹に光る。

「……ならば聞くが、山峰。先日、件《くだん》の真宵嬢が何者かに命を狙われ、あろうことか流獄泉へ引きずり込まれた度し難い事件を知っているか？」

「へ、へえ……お噂には聞いておりますが」

「その犯神に心当たりは？」

「そ、そんなものオラが知るわけ……っ」

翡翠が一歩前に踏み込んだ。刹那、山峰の周囲に幾千もの黄金の糸が舞い上がる。

ぎょっとしたように山峰は肩を跳ねさせた。

まだ腰は使い物にならないらしい。

ああいや、怯えているように見えて逃げる機会を窺っているのか？

「これは貴様の〝縁〟だ」

「は……？」

「縁というのは不思議なものでな。たとえ片側が無に還っていたとしても繋がれた側には記録が残るのさ。――ほら、あったぞ。〝犯神〟と貴様が繋がる縁が」

無数に浮かぶなかから、迷うことなく一本を抜き取って指に絡ませた翡翠。

ふっと軽く息を吹きかけて冴霧のもとへと飛ばしてくる。

蝶のように漂うそれをふわりと受け取り、よくよく糸を観察するように眺めると、冴霧はにやり口端を上げた。

「……ああこれだ。この感覚。俺があの日、泉で無に還したやつと同じ気だ」

濁りの増した深碧の瞳で山峰を射捉えると、厳然たる態度を崩さず歩み寄る。

「っ——!!」

「山峰。おまえは真宵に、とあるモノからの贈り物を届けてくれたそうだな?」

ぶるぶると可哀想なくらいに震える山峰。

(所詮は小心者か。実行するほどの肝が据わってなかったんだろうよ)

だが、黒幕を見逃すはずもない。

ああ哀れな、と冴霧は内心目を細めながら続ける。

「しかし鉱麗珠なんて貴重な鉱石の腕飾り——犯神はよくもまあ手に入れられたもんだ。知ってるか? ここ最近、この鉱麗珠の流通が極端に滞っていてな。仕方がないから、この俺自ら調査に身を乗り出していたんだが」

鉱麗珠はたしかに珍しい。滅多に見つからない稀少な鉱石だ。ゆえに、見つかったものは、基本的にとある極秘経路を辿って天神会へ流れてくる仕組みになっている。

稀少価値の高いものは、おおかた天神会で保管されているのだ。

にもかかわらず——先日、唐突にその流れに横槍が入った。途中で何者かが介入し、鉱麗珠をしこたま奪い去っていったのだ。

金か、もしくは情報か、なんにしても天神会からの報酬よりも上の報酬で取引したのだろう。とはいえ、この取引は天神会という名を伏せて行われている。つまり、公にはされていない内密な裏取引。横槍を入れてきた者は、よもや自分が天神会を敵にしているとは思いもしていないだろう。

鉱麗珠は稀少にして用途が多用だ。ともすれば、今回のように悪用もされる。そのため、こうして秘密裏に管理が行われているのである。世に出回らないのは、そういう裏事情と経緯があるからだ。

「——山峰よ。鉱麗珠は高かったか？」

「なっ……!?」

「取引報酬になにを出したかまでは知らんが、天神会も無能じゃないんでな。誰がどう鉱麗珠を手に入れているかくらい、余裕で把握可能なんだよ」

そう、取引を横から強奪したのは他でもない山峰である。

山峰とて商売者だ。名を伏せて足がつかないように取引をしていた。

だが、天神会はそう簡単にごまかせないし、はなから欺くことなど不可能に近い。

「……おまえは真宵に〝匿名の相手からの贈り物〟と言って、あの腕飾りを渡した。そいつが今回の〝犯神〟だったわけだ。でもなあ、山峰。はは、まさかそいつがたまたま鉱麗珠を持っていたなんて言わんだろ」

「そ、それは……」

「〝犯神〟は数年前に流獄泉で流された神だ。あの泉は存在するのにギリギリの神力のみを残して対象の神力を吸い取る。ゆえにあの泉を通った者は、そう容易く高天原には昇れない——そんな神の資格を失ったモノに、はたして鉱麗珠などという高価なモノの取引ができるだろうか?」

冴霧と翡翠に交互に責め立てられて、山峰は土気色の顔を震わせる。

「これはしがないよろず屋の推測でしかないがな。——貴様は〝犯神〟を唆《そそのか》し、鉱麗珠へなけなしの神力を注ぎ込ませた。鉱麗珠には、ありとあらゆる力を溜め込む質があるゆえ、そうしておけばもう二度と高天原には昇れないほど憔悴した〝犯神〟でも、神力のみ運び入れることができる。そう踏んだのではないか?」

「そうして言葉巧みに真宵へそれを手渡し、身につけさせたと」

ただ夢に入り込み、真宵に声をかけるくらいなら、流獄泉流しに遭うような神でも可能だった。しかし、そこから肉体を操れるほど精神に干渉するには、己の神力を介さなければ難しかったのだろう。

霊力が強い真宵相手では、なおさら。

そう考えれば、もともと犯神の方は、山峰に話を持ちかけられる前から真宵を狙っていたと考えるのが妥当だ。

（まあ、山峰になんと唆されたのかは知る由もないが。おおかた、己の神罪をそそぐために、清めの巫女の力を欲したんだろう）

だが——おそらく、知らなかったのだ。

真宵がかくりよへと下れば、力を発する以前に命を落とす。その事実を。

皮肉なものだ、と悪態をつきたくなる。よかれと思ってひた隠しにしてきたものが、結果的に今回の暴走を導いてしまったのだから。

（……だとしても、俺の力不足が大きいな。まったく、嫌になる）

できすぎたタイミングを考えると、山峰は愚かにも天利が眠った今がチャンスだと踏んだのかもしれない。

彼女が真宵のそばにいる間は、どんな神々でも容易に手は出せないから。

たとえ冴霧が未然に防げなくとも、天利は危なげなく真宵を守り抜いていた。

本神に敵わないから娘を狙うとは、とんだ下衆《げす》である。

「あの腕飾りはおまえが用意した呪具だな。効力はつけたものの存在を認識させなくするってとこか？　ま、道具屋ならそのくらい朝飯前だろうが」

鬼たちを惑わせた原因はそれだ。小心者のくせに小賢しさだけはある。

そのひと手間のおかげで、こちらはずいぶんと肝を冷やすことになった。

思い出すと腸が煮えくり返る。内に溜め込んできた耐え難い怒りが強く沸き上がるのを感じながら、冴霧は山峰の胸倉を掴み上げた。

「おまえが今回の事件の黒幕だろ、山峰」

「ヒッ……！」

「動機は天照大神への逆恨み……報復、といったところか。聞くに、ずっと商談を断られ続けていたそうじゃないか？」

今思えば、天利は山峰の性質を見抜いていたのだろう。

基本的に天利は害がないと判断した相手には寛容であったし、民間の商神相手にも最高神らしからぬ気を利かせてやっていた。

一見善良そうな山峰を見破るとは、さすが最高神。なかなかの手練《てだ》れだ。

「お、オラはなにも、なにもしてねえっ！　やったのはすべてあいつだに！」

冴霧を突き飛ばし、山峰は勢い余って転がったまま後ずさる。

「なにもしてない、ねえ」

この期に及んでそんな言い訳をするとは――。

（……甘いんだよ）

たしかに山峰は、なにもしていないのかもしれない。

せいぜい鉱麗珠の腕飾りを作り、善神の顔をして真宵を誘導しただけだ。はたから見れば、直接手は下していないし、自分が裁かれることはない。なんとでも言い逃れできる。そう踏んだのかもしれない。

――だが。

「自分が手を下さなければ刑罰の対象にはならないと？　くっ、あいにく俺は真宵に手を出す愚か者には容赦せん主義でな、その企みを働いた時点で極刑は確定だ」

冴霧はよっこらと立ち上がり、無明の双眸を山峰へ向ける。

「……子ども騙《だま》しなんぞ効かねえんだよ」

地を這うような冷酷な声が響くと同時、とうとう精神的に耐えられなくなったらしい山峰は「ぎゃあああああ！」と脱兎のごとく逃げ出した。

びょーんびょーんと、瞬く間に飛んでいく。相変わらず、足裏にバネでもついているのかと疑うほどの特殊な走り方だ。しかもやけに俊敏である。

「おい、逃げたぞ」

翡翠がのんびりとそれを見遣りながら袖を払い、艶然《えんぜん》と腕を組む。

「ハッ……たとえ地獄の果てまで逃げようが無駄だ。裁きは必ず罪者を喰らう。そういうもの、そういう理だ。――この俺が、この世界に存在している限りはな」

くつりと笑い、やつを追うため足を踏み出そうとして……止めた。

旧い友の名を呼びながら、冴霧はゆっくりと振り返る。

「最期に、ひとつだけ。おまえにだけは明かしておくことにする」

「……なんだ？」

「真宵の許嫁の座は、実のところ天利から無理やりもぎとったものなんだ」

「は？」

ぽかん、と。翡翠にしては珍しく意表を突かれた顔をする。

「いや、俺が隠してきたことが明るみになる恐怖と、真宵を他の誰ともしれない神に託す屈辱。どちらを取るか迷ったとき、耐えられないのは後者だと悟ってな」

だから、冴霧は天利に先手を打った。

「正直、あの過保護な母親を説得するのは骨が折れたが……。とはいっても、真宵を取られるくらいなら全身の骨くらいは安いものだろ？」

「待て、唐突すぎてまったくわからん。つまりあれか？　真宵嬢の許嫁候補は、当初は貴様ではなく、他の神だったと？」

「ああ、ちなみにおまえも候補のひとりだったぞ。人を愛することができる神などたかが知れているからな。必然的に絞られていた」

今となってはなにが正解だったのかもわからない。

あれほど苦労して天利からもぎとった許嫁の権利が、今頃どこぞの神へと渡っているのだと思うと――まあ、それだけで気が狂いそうになるが。

「ともかく、この許嫁には条件がある。なにかわかるか？」

「ああ……想像に難くないな。おおかた、貴様の仕事のことだろう」

「ご名答。俺が――龍神が背負う宿命のすべてを隠し通せ。それが条件だった。これに関しては赤羅たちにも言ってない。無論、口止めはしているが」

翡翠はなんとも複雑そうに同情の目を向けてくる。

「無茶ぶりにもほどがあるな。そうして見た目に現れている以上、いずれはバレるだろうに」

そうだ。無茶ぶりなのだ。いつかは必ず、気づかれるときがくる。

天利もそうなる未来を見越したからこそ、あえてこの条件を提示したのだろう。

ようするに、冴霧を――真宵を試したのだ。

真宵が冴霧のすべてを知って、受け入れるか否か。

冴霧の背負う残酷な宿命を、人の子の真宵が受け止められるか否か。

許嫁というまだ後戻りが可能な関係の先に、どのような選択を得て進むのか。

「婚姻は魂の契り……。一度それを交わしてしまえば、もう二度と離れることは叶わない。人の子である真宵にとっては、決して違えちゃならん選択だ。親代わりの天利としても、訳ありの俺を許嫁に据えるのは苦渋の決断だっただろうさ」

どんな形で知ることとなったとしても、真宵が傷つくのは必然。その傷が深すぎるあまり、人の子の真宵は立ち直れないのではないかと、天利は憂慮《ゆうりょ》していた。

最悪、真宵の相手は〝神〟であれば誰でもいい。

神と婚姻――魂の契りさえ交わせば、生の道を選べるのだから。

無意味に傷つく必要はないだろう。傷つかずに済むのなら、そちらの方がよいに決まっている。あえて冴霧と茨の道を歩まずとも、と。

「……だがなあ、あいつは俺に言ったんだよ」

思っていることを散々告げたあと、天利は冴霧に対し、こう続けた。

「『真宵は優しい子だ。きっとおまえが消えれば泣く。そしてその涙は鋭い刃となってあの子の心を抉り、深い傷をつける。悲しいかな、それはワタシが眠る事実よりずっと強く痛みを伴ってな。この意味がわかるか、冴霧』」

わかるはずもなかった。情けないことに、当時はその意味を測りきれなかった。

「――なるほど。天照大神は、ちゃんと、母だったのだな」

なにを納得したのか、翡翠はふっとわずかな笑みを浮かべて睫毛を伏せる。

「つまるところ、真宵嬢の幸せに選択権を与えたかったのだろう。母として子を想えばこそ、本当の意味で人の子の娘が幸せになる道を示したかったと見える」

「おまえ、なんでそんなすぐに他者の言葉の意を理解できるんだ」

「経験だな。相手の真意を読み取れぬ者によろず屋は務まらん。神も怪も人も相手にしているがゆえ、そういった心理戦には長けている」

へえ、と冴霧は初めてよろず屋というものに興味を持った。

（……なら俺は、いったいいくつ大事なものを見落としてきたのだろうな）

翡翠のようになれたら、こうも苦労はしなかったのかもしれない――と、そんなたらればの話をしたところで、時間が巻き戻るわけでもないけれど。

「なんにせよ……結果はままならんものだな。耐えきれなかったのは、結局、俺の方だった。最期に保身に走るなど、まあ自分でもぼんくらすぎて予想外だが」

しかし、冴霧が抱える宿命は、それ自体が凶器の刃だ。

知られるのは恐ろしい。拒絶されたらと考えるだけで背筋がゾッとする。

他でもない真宵だからこそ、この穢れきった自分を明かしたくはなかった。

――だというのに、彼女は言うのだ。

すべてを知りたいと。

すべてを明かしてほしいと。

共に背負わせてほしいと。

それがどんなに真宵を傷つけることなのか、知りもしないくせに。

それがどんなに冴霧を苦しませることなのか、わかりもしないくせに。

「──俺はどうしたって、あいつから笑顔を奪うようなことはできなかった。こうなった終末の原因を挙げるならそれがすべてだ。つまり、俺が一方的に悪い」

そう落とすと、冴霧は空気を切り替えるようにその場で大きく伸びをした。

「まあ、俺ほどまでに穢れたらもう眠ったくらいじゃ祓えないしな。さすがの龍神も限界ってだけの話だ。もういいだろ。十分働いてきた自覚はあるぞ、俺は」

冴霧とて、生半可な気持ちで真宵から離れる決断をしたわけではない。

すべてを覚悟した上で、邪に堕ちるという選択をするのだ。

だが、その選択をこうして見守ってくれる者がいるのは、きっと大いに恵まれていることなのだろう。最期にこうして胸の内を吐露できたのも幸運だった。

(……なにせ、俺が還したやつらはこんな最期すらなかったんだから)

事象の流れを操るとき、冴霧はその者が辿ってきた流れを垣間見る。

そこには、たとえどんな悪者でも、必ずひとりは大切に想う相手がいた。

そしてそんな彼らを大切に想う者だって、きっとこの世界のどこかには存在する。

きっと翡翠は、冴霧にとって同様の存在だったのだろう。

おかげで、少し、心が救われた。

「──さて、仕事の時間だ」

まあ間違いなく、次に神命を使えば冴霧は堕ちる。

黒蝕に侵され、邪に呑まれ、神力を暴走させ――やがては消滅するだろう。

しかし冴霧は、どんな事情があれ、責務を全うする。

己にも相手にも、いっさい情けはかけない。

それは天利からこの任を承ったときに誓ったことだ。冴霧を信じて任せてくれた以上、裏切るわけにはいかない。

幸い、最期の舞台としてはこれ以上ないくらい打ってつけの場所だ。神界とは思えぬほど荒れ果て忘れ去られたこの場所なら、気負わず存分に暴れられる。

「なあ、翡翠よ。こう言っちゃあなんだが、最期に見る顔がおまえでよかったぜ」

「……俺は貴様を看取りに来たんじゃない」

「くくっ、いいだろ。せめて骨くらい拾ってくれよ」

冴霧は声をあげて笑いながら、結っていた三つ編みをさらさらと解く。

深淵のごとく底知れぬ闇に染まった髪が、風に揺られてふわりと空を舞った。

さあ、心を殺せ。

神をやり遂げろ。

「――……堕ちてしまえば、んなもん欠片も残りはしないだろうがな」

ついに引き留めるのを諦めたらしい翡翠に別れを告げ、冴霧は飛び立った。

ゴウッと、あたり一帯を巻き込むほどの豪風が駆け巡る。次いで視界を焼き尽くすような眩い光が一面を覆い尽くした。あふれんばかりの神力が乾ききった地面を容赦なく削ぎ、嵐に見舞われた水面のごとく周囲を波打つ。

光を遮るように腕で視界を遮りながら、眼下の翡翠が苦笑したのがわかった。

ぼつり、形のよい唇が動く。

「──相変わらず、演出が派手だな」

クォォォン──。

白銀と深淵が入り混じる斑模様の鱗を纏い、千里の道を抜けると言われている高く透き通った声で鳴く。暗空のもとに生まれた一頭の龍は、細く長い尾を玲瓏になびかせながら、一息に空の上へと舞い上がる。

これが冴霧の──〝龍神〟の真の姿だ。

本来の白龍ではなく、なかば黒龍と化してしまっているが、致し方ない。

冴霧は冷ややかな薄暗闇の天幕のなかを悠然と泳ぐ。いくら逃げ足が早い山峰とはいえ、雲にも届く高所から眺めれば見つけるのは容易い。

龍の姿のまま目を眇めて、冴霧は低く「無駄なことを」と吐き捨てた。

やつに向かって滑空する。その勢いを殺さぬままからめとるように巻きつくと、山峰は甲高い叫び声をあげて、あろうことかぽっくりと気絶した。

なんとまあ、呆気ない。

まだ消してもいないのに。

「――……さて、裁きを受ける愚者《ぐしゃ》よ。おまえは守り神として生まれたにもかかわらず、その役目を反故し、神々の宝に手をかけた。この神聖たる世界を穢した罪は、紛うことなき極刑に値する」

形式的に口述しながら、全身を巡る神力をかき集める。

「よって、今この瞬間より守り神〝山峰〟から神の全権限を剝奪し――天神会最高役員〝冴霧〟の名を持って、刑を執行する」

絶対量が擦り減ったなけなしの神力だが、そこは腐っても大神だ。たとえこの状況でも、山峰などの小神とは比較もできぬほどの質量がある。

（……せめてその身の穢れも罪も闇に葬り無に還れ。安らかに眠れよ、山峰）

心のなかで弔《とむら》いの言葉をかけてから、山峰に向かって手を伸ばし狙いを定めた。

そうして、残りすべての神力を一息に放出する。

――その、寸前だった。

「……待って!!」

思いがけず天穹――否、冴霧の頭上から悲痛に響いたその声。

凄まじく仰天した冴霧は大きく身を震わせ……——あろうことか、誤放した。

放った神力は的を失い、本来の軌道から大きく逸れて霧散する。

しまった、まずいと後悔する暇もない。

なにせ目の前には、一直線に空から降ってくる愛しい娘の姿。

冴霧はかつてないほどの焦りを感じながら身を翻した。山峰のことなど、すでに頭にない。ぽいっと放り出したが、それすらも無意識だった。

(あああああっ！　おまえはどうしてそう突拍子もないことばかりするっ！)

冴霧は内心わめき散らしながら、喉が擦りきれんばかりに声を張り上げた。

「——真宵っ！」

◇

バカだ。

本当に、バカなことをする。

その光景を前に、真宵は心の底から冴霧の身勝手さを呪った。

大きく尾をなびかせながら、空をかき切るように一頭の龍が飛んでいる。

いつか見た龍はあんなにも美しい白銀の鱗に覆われた白龍だったのに、今は歪な斑《まだら》模様だ。いや、むしろ濃いのは深淵のごとく闇の鱗の方である。

黒龍。

そんな深すぎる闇に染まった冴霧など、真宵の知っている冴霧ではない。

それでも、彼は間違いなく冴霧だった。

真宵は、悲しくもわかっていた。

（……だって、初めてその姿を見たときに、私は恋に落ちたんだもの）

龍の姿に恐怖は感じなかった。ほんのひと欠片も。むしろ見惚れた。ただただそれは美しくて、この世のなによりも澄んだ存在だと、心に、魂に刻まれた。

けれど、同時に。彼が自分と、いかに異なる存在なのかを思い知らされもした。

ただの人の子は、神様にはなれない。

神様と対等な存在には、決してなれないと。

それでも真宵は、彼の神様を──冴霧を知りたいと願ってしまった。

胸に抱いた好きの気持ちを、諦めきれなかった。

「……待って!!」

とっさに体が動く。

掠れた声で叫ぶと同時に、真宵は赤羅の腕のなかから飛び降りていた。

「っ、お嬢！」

「お嬢――！」

赤羅と蒼爾が焦ったような声をあげたが、荒れ狂う空気にかき消された。

真宵の絶叫にも近い制止の悲鳴に、今にも神力を放とうとしていた冴霧が大きく身をもたげて頭上を見上げる。

真っ逆さまに落ちていく最中、ばちり、と目が合った気がした。

その瞬間、冴霧が大きくうねった。

驚いたのか、それとも焦ったのか。

神力が解き放たれる――が、幸か不幸か、対象の山峰には当たらなかった。

すでに冴霧の意識は、頭上から降ってくる真宵にしか向いていない。

真宵はそのことにホッと安堵して、しかしすぐ息を詰める。

(あ、待って、待って、これ死ぬ！　し、死ぬ死ぬ死ぬ……っ！)

暴発した神力が対象を失って周囲に霧散していく。

その最中、自らの体で縛り上げていた意識のない山峰を放り投げ、冴霧は一瞬にして人の姿に戻った。その顔は、見たことがないほどの焦燥に染まっている。

「――真宵っ！」

強く地面を蹴り上げ、いっそ悲痛とも取れる声をあげながら――けれど冴霧は空中でしっかりと真宵を受け止めてくれた。

……が、

（また……っ）

触れた箇所から全身に流れ込んでくる穢れ。

拳で殴られる衝撃にも近いそれに、真宵は別の意味で意識が遠のきそうになった。

かろうじて耐えるが、視界が霞む。

冴霧を表す菊の花の香りはもういっさいしない。代わりに漂う邪は、脳を濃く蝕んでいくような重苦しい芳香を放ち、真宵をも侵食しようとする。

どろどろとした淀みきったそれを感じ取り、ぐっと歯を食いしばった。

こうなればもう、相殺覚悟で受け入れるしかない。

「バカかおまえはっ!!」

「バカはどっちですかっ!!」

耳元で叫ばれたので、ほぼ反射的に叫び返していた。

同時に、抑え込んでいたさまざまな感情が爆発する気配がした。

――が、もう自分では止められない。頭にカッと血がのぼり、襲いくる苦しさを丸ごとぶつけるように、冴霧に向かって言い募る。

「だいたい冴霧様、なに勝手にひとりで消えようとしてるんです!? というか、私がもう余命幾ばくもない状態だっていうのに、こうまで顔すら合わさないとは何事ですか！　許しませんからね!!」

あまりの剣幕に、さしもの冴霧もたじろいだ。

「ゆ、るすもなにも……っ」

「私はっ！　冴霧様以外と結婚なんかしませんからっ！」

冴霧がこぼれ落ちそうなほど大きく目を見張る。なに言ってんだこいつ、と言わんばかりの表情だ。

そんなあからさまに唖然とされても困る。

（あなたのその変な鈍感さが、今は無性に憎らしいですよ……っ）

真宵はままならない思いごと、冴霧の服をぎゅっと握りしめた。

「ほんとに、ほんとにもう……どうしてわかってくれないの」

たしかに、真宵は冴霧の求婚を断り続けていた。

どんな意図があったにせよ、冴霧を傷つけたことに言い訳はできない。

だがしかし、冴霧以外との結婚を一度だって考えたことがないのもまた事実。

当然だろう。好きでもない相手との契約結婚なんて、誰がするものか。

「冴霧様はいつもいつもいつも、そうやってすべて自分だけで決めてしまうから！

あなたのそういうところが嫌だと、何度言ったら……！」

「な、にを」

「どうして私が受け入れないと思ったんですか。どうして私が拒絶すると思ったんですか。どうして信じてくれないんですか。ねえ、どうして……っ」

わずかばかり残っていた冴霧の白銀の髪は、現在進行形で黒蝕が進み、完全に侵食され始めている。

山峰を無に還していたら、もうすでに堕ちていた頃だろう。

けれど、あれだけの神力を無駄にしてしまった今、もはやそれは時間の問題だ。

「……私は、いつだって手が届かない冴霧様が嫌いだった。大事なことはいつも隠すから。子どもだと思われてるんだろうなって、私の恋は実らないんだろうなって、ずっと苦しかった。でも、だから、だからこそ……っ」

──冴霧が許嫁になったとき、心の底から嬉しかったのだ。

「私は、あなたのことが大嫌いで……それ以上に、大好きなんです……っ」

けれど、この男はいつも手が届かないほど先を行く。真宵との間に決して破れぬ硬く高い壁を築いて、こちらを必要以上に近づけさせない。

冴霧は、結婚してもなお変わらないのだろう。許嫁になってすぐ、それに気づいてしまった。

（なのに、その理由が私を守るためなんて……そんなの、ずるいじゃないですか）

冴霧は真宵を抱いたまま地面に降り立った。

夜陰に紛れて吹き荒ぶ風が冴霧の髪を拾い上げるが、嫌みなことにその白皙の美貌は変わらない。この男は、いついかなるときも真宵の目には美しく映る。

「……もう、いいんです。なにも隠さないでいいですから」

動くのさえ億劫で、立つことすら精一杯な体。それでもどうにか末端から力を振り絞り地面を踏みしめると、真宵は両腕を広げて冴霧を抱き竦める。

「お、まえ……まさか」

「はい、全部聞きました。冴霧様が抱えていたものすべて」

その瞬間、冴霧がばっと真宵を突き放した。

踏みとどまる力など入らない真宵は、いとも簡単にごろごろと地面を転がった。

遅れて降り立った鬼たちが、慌てて真宵に駆け寄ってくる。

「なにしてるん主はんっ！」

赤羅がギッと冴霧を睨みながら怒号をあげた。

蒼爾も厳しい顔で冴霧を見るが、絶望したような顔でその場に立ち尽くしている己の主に気づくと、その黒蝕に染まった瞳を揺らめかせる。

「……おまえらが言ったのか？」

「っ、そうやで！　こんなん納得いかへんからな！」

「嘘だろ……なんてことしてくれたんだよ……」

呆然と首を振ると、冴霧はその場でふらついて髪を乱しながら額を押さえた。

心なしか、侵食が速まっているように見える。

真宵に手を貸しながら、蒼爾がサッと顔を青くして「いけません」と顔を歪めた。

「あのままでは心が先に侵されます。そうなればもはや手遅れに……っ」

その言葉を聞いた瞬間、真宵は全神経を尖らせて立ち上がった。

転がった際にぶつけたのか、全身が鈍く痛む。

けれど、今は些細なこと。傷のひとつやふたつ、いちいち気にしていられない。

力の入らない体を支えるために、体内の隅々まで霊力を纏わせる。

こうなればもう強行突破だ。手段を吟味《ぎんみ》している暇はないので。

「冴霧様」

ゆっくり、ゆっくりと。

一歩ずつ、冴霧のもとへ足を進める。

冴霧はビクッと肩を跳ねさせ、首を横に振りながら後ずさった。

土塊が転がり、気のせいかあたりがいっそう暗くなる。来るなと拒絶するように冴霧から最後の神力があふれ出して、ふたりの間に壁を作った。

「あかん、主はん！　それ以上力を使うなや！　ほんまに堕ちてまうでっ！」

赤羅の涙交じりの声が響く。

冴霧の髪は真っ黒に等しい状態まで来ていた。

まるで迷子の子どものような怯えた瞳。

ゆくあてもなく彷徨い続け、それが絶望なのだと知ってしまった冴霧は、おそらく繋がれた鎖から逃れる方法を知らないのだろう。

今の彼には、誰の声も届かない。きっと真宵の声すらも。

殻にこもり、完全に心を閉ざしてしまっている状態では、どんなに言葉を尽くして思いの丈をぶつけても無駄だ。

こうなってしまえば、もう方法はひとつしかない。

(本当にあなたって方は……)

まったくもって不器用なお方だと、真宵は思う。

なんて仕方のない神様だろう。だからこそ、一方的な関係は嫌だと言ったのに。

その真意にすら、冴霧は辿りつけなかった。

概念そのものからすれ違っていたことに、どうして気づけなかったのか。

いや、たしかに彼を見誤ったのは真宵だが、天下の大神である彼がまさかここまで拗らせているとは誰も思うまい。

「──冴霧様」

ふたたび名を呼ぶ。

口に馴染んだ、この世でもっとも好きな名前。

懐から神器の鋏を取り出し、真宵は霊力を用いて神力の壁をこじ開けていく。

「あなたはきっと、私のことを弱い生き物だって思ってるんですよね」

一歩、また一歩と近づきながら、真宵は冴霧を見つめた。

「傷つけるものすべてから守り抜かなければ死んでしまう、ついただけでも簡単に壊れてしまう。そんな脆くて弱いものだと思ってるんでしょう？」

「く、るな……っ」

「でも、それは大きな間違いです。だって私は、あの天照大神様の娘だもの」

たしかに真宵はただの人の子だ。

神に比べれば、肉体も精神も脆弱。そこは否定できないしするつもりもない。

けれど、真宵にとっては人も神も同じ生きとし生けるモノであった。

人が持たぬ力を宿す神だって生きている。頭脳があり、心があり、肉体がある。体に傷がつけば血が出るし、相応の痛みだって感じるのだ。

それのどこが、人と異なるというのだろう。

「かか様が昔、言っていました。神様はもとを辿れば人の想いから生まれたものなんだって。胸を焦がすほどの強い想いが願いとなって、神様を生み出したんだって」

だからこそ、神は人に酷似している。

あえて人と同じ姿を取り、人と同じ心を持ち、人々の願いに寄り添いながらその存在を保たせている――本質だけなら、この世でもっとも優しい生き物だ。

(でも、神様だって完璧じゃない。私はそれを、よく知っている)

ときには、山峰のように欲望を抱いて道を踏み外す神もいる。

ときには、翡翠のように人の子へ熱い想いを募らせることもある。

愛したいと思う気持ちは、神だって抱くのだ。

ならば、愛してほしいと願うことだってきっと罪にはならない。

「……私は冴霧様の本当の気持ちが知りたいんです」

だってそれこそが、真宵の願いだから。

「傷つかないなんて言いません。だって現に今もすごく痛い。体も心も痛みだらけです。冴霧様が突き飛ばしたから余計に痛い」

「っ……」

「冴霧様も知ってるでしょう。好きな相手からされる拒絶が一番痛いんだって」

何度も何度も、数えきれないくらいに真宵は冴霧の求婚を断ってきた。

本当に冴霧が真宵を想っていてくれたのなら、その拒絶は計り知れないほどの痛みを冴霧にもたらしたに違いない。

けれど、それは真宵だって同じだ。

なにも明かしてくれない冴霧の拒絶が、どうしようもなく痛かった。

こんな痛みがずっと続くなんて耐えられないと、そう思ったからこそ結婚を断ってきたのだ。どっちもどっち、お互い様、というやつなのかもしれないけれど。

「──それでも私ね、あなたを諦めたくないなって思うんです」

真宵は自分の髪を掴んだ。

少しずつ儀式に捧げていたら、歪な形になってしまった髪。

儀式に使う髪は、真宵のものである時間が長ければ長いほど霊力を溜め込んでいく。

まだ手のつけられていない背中側の髪に、真宵はひと息に鋏を滑らせた。

シャキン、と刃が擦れる小気味いい音が響く。歪だった髪が腰あたりで切り揃えられた。掴みきれなかった髪が数本、はらはらと朽ち果てた地面に落ちる。

「な、にを……！」

「冴霧様。私はあなたが好きです」

身も心も大部分が黒蝕に意識を呑まれているだろう冴霧。

だが彼は、真宵の言葉に反応してわずかに目を見開いた気がした。

届いていることを信じて、真宵は次いで紡ぐ。

「この世界の誰よりもお慕いしています」

今度は、冴霧が大きく狼狽えたように見えた。

ああ、大丈夫だ。まだ間に合う。彼はまだ、こちらにいる。

「——……だから、今ここで、あなたの心にこの想いを届けてみせます」

そう宣言して真宵は掴んでいた髪を組紐で括り、息を吹きかけた。

すると、髪は吹きかけられた場所から光となって弾け、真宵の周囲を囲いだす。

瞬く間に冴霧の神力を呑み込んで、あたり一面にさざ波のように広がった。

同時、冴霧は真宵の霊力を含んだ光に包み込まれた。

ぐっと苦しそうな呻き声をあげたかと思うと、がくりとくずおれその場に膝をつく。

刹那、冴霧の体からあふれ出した邪気。それは光に触れると、相殺されるようにぷつぷつと弾けて、みるみるうちに浄化されていく。

一帯だけ、まるで蛍が舞うように淡く優しい光の粒が空間を浮き上がらせる。

その一方で、真宵は全身を強張らせた。

（……まだ、足りない）

冴霧の髪は、邪気が溶けだしていくのと比例してたしかに漆黒が剥がれ落ちつつあるけれど——真宵の髪だけでは、とても補える量ではないのだろう。

肌に感じる邪気の圧倒的な総量に、真宵はいよいよ覚悟を決めた。

懐から鈴輪を取り出して、両手首へ嵌める。シャン、と清廉《せいれん》さを纏い、軽やかに鳴る鈴の音。霊力が呼応するようにさらなる瞬きを帯びた。

「っ、お嬢！　そのへんでやめときっ！」

「そうです、それ以上やればあなたの体が……——！」

背後から聞こえてきた鬼たちの声に、真宵は首だけ静かに振り返る。

ふたりとも、真宵と冴霧を囲む霊力の陣のなかには入ってこられないようだった。

否——入ってこないでという真宵の強い意思がそうさせているのだろう。

真宵と冴霧を包む膨大な霊力の陣は、一種の結界と化している。支配権は当然のごとく真宵にあり、こうなれば大妖や大神でも安易には近づけないはずだ。

（かか様は、きっと全部お見通しだったんだろうな。私にこれほどの力があることも、いずれはこんな日が来てしまうことも……私と冴霧様が辿る運命すらも）

今の真宵からは、外部からは手がつけられないほどの霊力があふれ出している。

そしてその霊力は、皮肉なことに真宵自身の体を支える最後の砦《とりで》にもなっていた。

霊力の排出を止めた瞬間、おそらく真宵は反動で動けなくなってしまう。

だからこそ、ここでやめるわけにはいかない。

どちらにしろこれは賭けだ。もしもまだ冴霧が話し合える状態だったならば、こうして強行手段に出ることもなかったのだろうけれど——。

「聞いてんのか、お嬢っ！」

「ふふ、聞いてるよセッちゃん。でも、大丈夫」

そもそも鬼たちにあのお願いをしたのは、すべてこの〝儀式〟を行うためだ。

儀式に用いる道具はすべて特別製だ。鋏ひとつとってもただの鋏ではない。一見普通の鋏に見えるが、これは真宵の体から〝霊力〟をそのまま切り取る神器なのだ。

この鈴輪も、巫女服も、同じように儀式には欠かせない。

さすがにここまで切羽詰まるとは思っていなかったものの、結果的には同じこと。

ようするに真宵は、これから冴霧を浄化する。

「なにが大丈夫なんですか、お嬢!?」

「きっと助けるから安心してってことだよ、蒼ちゃん」

目前の状況とはまるで不相応に口許を綻ばせる。

赤羅と蒼爾のうしろに視線を移すと、いつの間にやってきたのか、そこには翡翠が立っていた。

真宵は彼の存在に驚くことなく──むしろ、安堵した。

(……冴霧様のそばにいてくれて、ありがとうございます。翡翠様)

彼の顔からは、不思議なほど表情が読み取れない。銀の瞳はじっと真宵を見つめてくるばかりだ。

そこはかとなく『本気なんだな？』と問われているような気がして、真宵はただこくりとうなずいてみせた。

ふたたび冴霧と向き合うと、一歩、足を踏み出す。
「冴霧様……──聞いてください」
そうして真宵は緩慢な動きで舞い始める。
空気を揺らす澄みきった鈴の音。
願いを、想いを込めて口ずさむのは、ひふみ祝詞だ。
『ひふみ　よいむなや　こともちろらね』
──冴霧様、知っていますか。
──私、本当はずっと、不安だったんです。
『しきる　ゆゐつわぬ　そをたはくめか』
──本当の家族も、本当の名前も知らない。
──どうして人と神は違うのと。
──どうして私は人の子なのと。
──笑顔の裏側で、ずっとそんなことを考えてきました。
『うおえ　にさりへて』
──でも、今は人でよかったって心の底から思います。
人でなければ、きっと冴霧に恋することはなかっただろう。
人でなければ、きっと冴霧を助ける術も持っていなかっただろう。

幾度となく自分が人の子であることを憎んだけれど、人であったがゆえに得られたものも、気づけたこともあった。

同じものを見て、同じものを感じて。それが理想であったとしても、やはり手と手を取り合って生きてゆくのは容易いことではない。互いに求めるものも、互いに守りたいものも異なるのだから、そこに齟齬《そご》が生じるのは当然なのだ。

……けれど。

(やっと思い出しました。あなたが幼い私を死の淵から救い上げてくれたときのこと)

両親の顔は覚えていないのに不思議なこともあるものだ。

おぼろげながら、たしかに真宵のなかには、初めて冴霧に抱き上げてもらったときの感覚が残っている。

あれからこの十九年、冴霧には何度も何度も抱き上げられたが——なるほど。

安心するはずだ。

死を前にして冷え切った体を包んだ冴霧の香り。冷たくも温かい深碧の眼差し。それらはすべて、真宵の核にしかと染みついているのだから。

——ねえ、冴霧様。もう手遅れです。

『のますあせゑほれけ』

——だって私は、冴霧様しか愛せない運命のもとにいるんだから。

◇

全身が眩い光に包み込まれた瞬間、冴霧は抑え込んでいた穢れが無理やり吐き出されていく感覚に襲われた。

交錯するのは、内臓ごとひっくり返されているような不快さと、凍りついていた心が陽だまりに溶かされていくような心地よさ。

体から力が抜けて、思わず呻き声をあげながらその場に膝をつく。

しかし、わずかに残された理性が、かろうじて意識を飛ばすことを妨げていた。

なぜならば。

「冴霧様。私はあなたが好きです」

あたり一面に己の霊力を張り巡らせ、自分と冴霧を中心にした陣——結界を張っているのは真宵だ。

そんな真宵の口からこぼれた言葉は一度、強い焦燥にかき消される。

まずい。やめろ。やめてくれ。

心がそう叫んでいるのに体は思うように動かない。穢れに侵食されすぎた。

もはや手遅れと言っても過言ではない。

にもかかわらず、真宵がなかば無理やり穢れを祓いにかかってきたせいで、皮肉にも寸前で神墜ちまでは到達していなかった。

「この世界の誰よりもお慕いしています」

どくん、と心臓がより強く波打った。

今度こそ真宵の言葉が冴霧のもとへ届く。だが、その瞬間、まるで直に殴りつけられるように霊力の塊をぶつけられて大きな衝撃が走った。

今度こそ意識がぶっ飛ぶ。

一瞬か、一秒か、数分か。時の流れは感じられなかった。

けれど、遠くでかすかに真宵の声が聞こえた気がして、どっぷりと沈みかけていた意識がわずかながら浮上した。朦朧としながらも、その声の糸を辿る。

(真、宵……？)

冴霧がうっすらと瞼を持ち上げると、そこはいまだ光に満ちあふれていた。

しばらくぼうっと魅入って、やがていつになく心が穏やかだということに気づく。

不思議と体も軽く感じられた。

痛みや衝撃もない。

ただただ心地よい温かさが冴霧を包み込んでいた。

(ああ……そう、か)

その光の雫たちは、冴霧にすべてを教えてくれた。

真宵自身の想いが形になったもの。清らかな鈴の音と共に冴霧のなかへ流れ込んでくるのは、まさしく真宵の澄んだ心そのものだった。

——この十九年間、冴霧はただ真宵を守ることに命を賭けていた。

真宵を守れるのなら心などいくらでも殺した。

真宵を想えば、耐えられた。どんなことでも。彼女を守ることは己を守ることと同義となるくらいには、冴霧は真宵という存在が大切だった。

（……真宵、おまえはずっと俺を案じてくれていたのか）

もとより冴霧は、憎まれ、恨まれ、苛まれこそすれ、まさか好かれることなど——愛されることなど有り得ない存在だった。

役職上、どうしたってそれは避けられない。

高天原では蛇蝎《だかつ》のごとく恐れられ、忌み嫌われている。

平気で冴霧に近づいてくる変わり者など、遥か昔から天利と翡翠、従者の鬼たちくらいのものだ。

そんな冴霧を、真宵は最初から受け入れてくれていた。

死にかけていた真宵を己の身勝手で高天原へ連れ去り、神々の力によって命を繋ぎとめた十九年前のあの日。神隠しという、罪を犯したあの日。

──目を覚ました真宵は、不思議そうに冴霧を見て……朗らかに笑ったのだ。

よりにもよって、冴霧相手に。

責められこそすれ、泣かれこそすれ、無垢な笑顔を向けられる資格などない自分に
なぜ、と冴霧は大いに困惑し、同時に失われた〝感情〟を思い出した。

(……あのときに、俺はもう十分、救われているっていうのに)

指先で捻るだけで簡単に命を落としてしまいそうな人の子。

だからこそ、だろうか。

その笑顔は、この世界のなによりも信じられるものだと思った。そしてこの笑顔だけは、なにに代えても守らなければならないと思った。

恋なんてものではとても片づけられない想いは、やがて冴霧の生きる意味となり、いつしか真宵を守ることこそが冴霧の存在意義となったのである。

(だが、俺は……思い違いをしていたんだな、真宵)

冴霧は結局、天利からの言葉の意味を測りかねたまま、ここまで来てしまった。

今になって、ようやくわかる。

──天利が眠る前、最後に冴霧へ与えた言葉の意味も、やっとわかった。

『冴霧。おまえは真宵の〝光〟だ。おまえにとっても然りな。ゆえに、共にあればいいと、ワタシは願う。どうか運命であれと願う。冴霧が真宵を導き、真宵が冴霧を支

える。そんな糸が結ばれれば、母として、天照大神として、これ以上に幸せなことはない。──ワタシが大事に想う者たちの道行を、いつまでも見守っているからね』

天利はただ、母として、娘の心が向く先を優先したのだろう。

真宵が冴霧に対して、これほどの強い想いを──好きだという気持ちを抱いていることに気がついていたから。

たとえ傷ついてでも、真の幸せのため、その想いが結ばれる未来を願った。

（だというのに、俺はずっと……）

真宵を守るために、己を隠した。

真宵を傷つけないために、距離を取った。

それが仇《あだ》になっていたなど思いもしなかった。

結果、真宵はすべてを知ってしまった。冴霧の罪も、この世界の非道さも。

──その上で、なおも冴霧を救おうとしてくれている。

受け入れ、向き合おうとしてくれている。

正直、どうしたらいいのかわからない。これまでよかれと、正しい道なのだと信じて疑わなかったものが、すべて一瞬にして断罪されてしまったのだ。唐突に知らない場所へ放り投げられた気分だ。

けれど──この状況がよくないものだということは明白だった。

真宵は今、自らの命も顧みず、冴霧を救うために尽力してくれている。

おかげで冴霧は寸前ながら神堕ちを免れた。

しかしそれは、真宵という犠牲のもとで成り立っていること。

やっている行為は冴霧とそう変わらない。自分が犠牲になることで相手が助かるのならば、喜んで身を差し出そうと。そんな身勝手な想いからの行動だ。

ああ、自分がいかに真宵へ苦行を強いてきたのか思い知らされる。

(——龍王と巫女たる者が、いったいなにをやっているんだか)

相手は望んでいないというのに。

そうして手に入れた命の先に、一縷の幸せなどあるわけもないのに。

もし、もっと早い段階で互いに本当の気持ちを打ち明けていれば……逃げずに現実と向き合っていれば、こんなことにはならなかったのだろうか。

すれ違うことも、拗れることも。一向に繋がらない想いに、こうももどかしく胸を焦がすこともなく、共に生きていく道を選ぶことができたのだろうか。

……きっと、そうなのだろう。

冴霧も、真宵も、ただただ、どうしようもないほど不器用だったのだ。

己の気持ちに素直になり、しつこいくらいに話し合って、互いが納得できる道を模索していれば。きっとそうすれば、すれ違うことなくそばにいる選択だってできた。

本当に、今さら後悔するなんて。

──シャラン。

鈴の音に弾かれるように、パッと視界が晴れた。刹那、冴霧は目の前で舞う真宵に目を奪われる。あまりにも世界に愛された巫女の姿が、そこにはあった。

(……美しいな、おまえは)

ゆっくり、ゆっくりと、だんだん動きを緩めていく。

舞の終盤。真宵は回りながら冴霧を目にとめ、優しく微笑んだ。

冴霧は力の入らない足を叱咤してなんとか立ち上がり、地面を蹴った。

視界に入る髪は、しばらく見ていなかった純な白銀。

穢れがすべて祓われたのだと頭の隅で悟るや否や、舞を終えてそのまま前方に倒れ込んだ真宵を、どうにか腕のなかに抱きとめる。

「真宵っ……!」

小さな体からは、もう魂を結びつけるほどの神力は感じられなかった。それどころか、いつもはあふれんばかりの霊力もほぼ底を尽いている。

当然だ。

これほど大がかりな清めの儀式を行えば、必要となる霊力量は計り知れない。

本式は死んでもさせるなと天利が口酸っぱく言っていたのは、こういうことなのだ。

真宵にとっては命と――死と隣り合わせの行為になるから。

「おい……っ、しっかりしろ」

全身の関節が外れたのかと思うほどぐったりと脱力した真宵は、うっすらと瞼を上げて冴霧を見た。

黒曜石に似た、けれど今は夜空と喩《たと》える方が相応《ふさわ》しい瞳が一点に留まる。

そうしてふんわりと、いつかのように朗らかに花笑んで。

「……思った通り、この髪が一番……あなたらしくて、綺麗です」

真宵は頬にかかる冴霧の髪に擦り寄る。

あれほど漆黒に染まっていた髪は、毛先まですべてもとの白銀へと戻っていた。

つまり、冴霧のなかに溜まっていた穢れはすべて祓われたことになる。

しかしそれほどの膨大な力を、ただでさえもう後がない状態で使うなんて、文字通り命を捨てるようなものだ。もはや自殺行為に近い。

「……俺を置いて逝く気か、真宵」

「ふふ……」

「なにがおかしい」

「だって、置いていったのは……冴霧様、でしょう……？」

違う、ととっさに返せず、冴霧はくしゃりと顔を歪める。

そんなつもりはない。真宵の幸せを願っての選択をしたつもりだった。

しかれども、真宵にとっては違ったのだ。

置いていったと、置いていかれたのだと、そう思ったのだろう。

「……逝くな。逝くなよ、真宵。結婚しよう」

「また、それ……ですか……冴霧様、も……飽きません、ね……」

「おまえの想いは嫌というほど受け取った。だからもう……頼むから、もう勘弁してくれ。俺は、おまえを失うことだけは耐えられないんだ」

ぽたり、ぽたり、と真宵の頬に雫が落ち、小さな水溜まりができる。

それを見て初めて、冴霧は自分が泣いていることに気づいた。

「……なか、ないで……」

真宵はそっと冴霧の頬に手を添えて、冷たい指先で撫でるように涙を払った。

ああ、もう、本当に嫌だ。最悪だ。

涙を、情けない顔を、もっとも見せたくない相手に拭われるとは。

これまで積み上げてきたものすべてが崩れ去っていく。

ああでも、もういい。なにも気にしない。真宵を失うくらいなら、他のものはいくらでもくれてやる。だから。だからどうか。

「——……俺の花嫁《もの》になってくれ、真宵」

真宵の瞳が揺れた。

「でも、私は、もう……」

「今ここで契りを交わせば、まだ間に合うかもしれんぞ」

前触れなく頭上から降り注いだ声に、冴霧はぎょっとして顔を上げる。

その際にいくらか涙が飛び散ったが、今さら隠してどうにかなるものでもない。

「翡、翠……」

「真宵嬢は無理をしすぎた。よって残り時間はゼロに等しい。それはおまえもわかっているだろう、冴霧？」

こんな状況だとは思えぬほど至極冷静に問われて、冴霧はガリッと唇を噛みしめた。

「体内に留まっていた神力だけでなく、彼女自身の霊力も尽きかけているからな。正直、契りを交わしたとしても——確率的には五分五分か」

「なっ……」

翡翠は難しい顔で、冴霧の向かい側に腰を下ろした。

衣服が汚れるのもかまわず地面に膝をつき、おもむろに真宵の額に触れる。

赤羅と蒼爾も、いつの間にか背後で心配そうに様子を窺っていた。

「もとより真宵嬢には縁がない。それは前に話したな？　つまり、契りを交わす際は、そこに無理やり縁を生み繋ぎ合わせることになるんだ。となれば先立って〝相性〟の問題が出てくる。魂同士が反発し合えば、魂の契りは成功しないからな」

人と神の間で行われる魂の契りは、言わずもがな特殊な契りだ。

両者間で築かれた縁を辿り、それを引き合わせ、根本からひとつとなるように結びつける。共有する。決して切れない〝一本の糸〟を作る。

そうすることで、魂の一部が相手と繋がる。

だが、縁を持たぬ真宵の場合は、無理やりその縁を創り出さなければならない。縁を司る神──翡翠だからこそできることだ。つまるところ、翡翠が今ここにいる事実こそ、一縷の望みなのである。

「正直、賭けだ。魂の契りは人側への影響力が甚大ゆえに、失敗すれば取り返しのつかんことになる。今回に限っては悠長に迷っている時間もないだろうが」

力なき人の子の場合は、魂の契りをしたとて神側に利点はひとつもない。

しかし、清めの巫女である真宵は違う。

「冴霧も真宵嬢ももう後がない。ここで賭けにでなければ、どちらにしろふたりまとめて消えゆく運命だ。……まあ、無事に和解したところで共に死を選ぶというのなら止めはしない。それはそれで見届けてやろう」

一方で、人への影響としてもっとも顕著なのは、その在り方が変わることだろう。

（俺と契れば、真宵は〝人〟を完全に外れることになる）

要約すれば——人神となるのである。

寿命が延びるのはもちろんのこと、人から神へ転じた者として正式に〝神〟としての資格を得る。高天原の住民、天つ神としても認められることになるはずだ。

なにより強い加護がつく。下界に降りることもできるようになるし、魂が剥がれる心配もなくなる。曖昧だった真宵の存在も確立され、死を恐れることもなくなる。

ただ、それはすべて、成功すれば——の話で。

「……翡翠、おまえから見て俺は……こいつの旦那として相応しいと思うか？」

情けなくも、尋ねる声が心なしか震えてしまった。

翡翠はそんな冴霧を推し量るように一瞥すると、「さてな」と愁眉を上げた。

「旦那として相応しいか否か。それはすべて結婚後の冴霧次第だろう。——もっとも、ふたりには互いへ向けた想いがある。その点では、この世界の誰よりも契りが成功する確率は高くなると思うぞ」

「本当だろうな？」

「嘘ついてどうする。そのへんのまったく面識のない神々に比べたら、よっぽど貴様の方がマシだと言っているだけだ」

（……マシ、程度か。とはいえ他に言い方があるだろ、こいつ……）

冴霧は歯噛みしながら真宵を見る。

真宵は戸惑ったように冴霧を見上げていた。

「……どうする、真宵。俺と契りを交わすか？」

「で、でも……冴霧様は……私で、いいんですか？」

「今さらだな。俺はおまえ以外に懸想なんてしたこともないし、これからも真宵だけを愛し抜くと誓っている。それ以外の選択などはなから有り得ん」

真宵はゆっくりと目をぱちぱちさせた。

そんなに驚くことだろうか。いや、しかし。

（ああ。言われてみれば、ちゃんと言ったことなかったか？）

なにもかもを徹底して隠し続けてきたがゆえに、この燻ぶる想いもはっきりと伝えたことはなかったかもしれない。

どうにも気が急いて、結婚しよう、とただ求婚ばかりしていたから。

「……なあ、真宵。俺を選んでくれ。絶対に幸せにするから」

「っ……私、も……私も、冴霧様を、幸せにしたい……です」

一方通行は嫌だ、と、潤んだ瞳がこの期に及んで切々と訴えかけてくる。

ここまで来ても、その気持ちは譲らないらしい。

まったく、強情というか頑固というか。

（とはいっても、そんなところが真宵のよさなのよな）

冴霧はふっと目元を緩め、慈しむように真宵の頬へ親指の腹を滑らせた。

「……ああ。俺を幸せにできるのは世界でたったひとり、おまえだけだからな」

「そ、その言葉……絶対、忘れないでくださいね」

強かな嫁だな、と冴霧はこんなときなのに笑ってしまいそうになる。

「契りを交わすぞ」

「はい……っ」

魂の契りにもっとも重要な双方の同意。

ようやく肯定してもらえたことに、こんな状況ながら心が華やいだ。

ああ、なんとひどく険しい茨道だったことか。長い闘いがようやく終わる。

「翡翠。立ち会いを頼む」

「任せておけ。のちのちお代はしっかりいただくがな」

「はっ、ちゃっかりしてるな」

冴霧は真宵を腕に抱いたまま立ち上がる。

至近距離で見つめ合いながら、真宵の小さな手に自分の手を重ね合わせた。

互いに底を尽きかけたわずかな力を混ぜ込むと、胸の奥がじわりとかすかながら温もりを抱いた。やはり真宵の霊力は心地がよい。神を惑わせる温かさだ。

(まあ霊力があろうがなかろうが、俺は変わりなく真宵を好いている。その時点で負

けなんだ。どうにもこうにも翻弄されてしまうからな）

翡翠の放った神力が、世にも美しい黄金の糸となって冴霧と真宵を包み込んだ。

演出が派手なのはどっちだ、と冴霧は心のなかで苦笑した。

「病めるときも健やかなるときも、己のすべてを持って真宵を愛し抜くとここに誓う」

大丈夫だと伝えるように、握った真宵の手にほんの少し力がこもる。

「私も、誓います」

「ならばここに――永遠の契りを」

刹那、ふたりはさらに強い光に包まれた。

混ざり合い、溶け合って、繋がっていく。

未来永劫もつれず、解けないように。互いの想いが、すれ違わぬように。

世界でたったひとつの縁を、ここに結ぼう。

（もう二度と、おまえを離さない）

心に誓い、冴霧は真宵へこの世のなによりも優しい口づけを落とす。

「……愛している。俺の永遠の花嫁」

終幕　終わらぬ攻防

「真宵さまあああああああっ！」

絶叫とも取れそうなほどの大声をあげながら、白火が抱きついてくる。

もはや体当たりに等しいそれを、真宵は「うぐっ」と唸りながらもなんとか受け止めた。覚悟はしていたが、あまりの勢いに思わず笑ってしまう。

世界が夜の帳《とばり》に沈み、立ち並ぶ灯篭の火が妖しく揺らめく冴霧邸。

玄関先でぐずぐず鼻を鳴らしながら待っていた神使は、しばらくの間、泣いては怒りまた泣いてを繰り返した。

なにも言わずに出てきてしまったから、本当に心配させたのだろう。

抱きかかえてよしよしと軽く背中を叩きながらあやしていると、ふとなにかに気がついたように白火が硬直した。

「あ、あれ？　ま、よいさま……立って……？」

「ああうん、そうなの。ちょっと冴霧様と結婚したから」

「はあ、結婚――」

真宵の言葉を呆けた顔で反芻して。一呼吸置いたあと、白火は目を点にした。

「え!?　け、けっこ……ええええええええええっ!?」

「わ、白火うるさい」

耳元で叫ばないでと思わず仰け反ると、後頭部がぽすんとなにかに触れる。

視界に入ったのは、久方ぶりに本来の姿を取り戻した冴霧だ。

白火ごと真宵を抱き寄せ、以前とまったく変わらない悪い笑みを浮かべる。

「相変わらず騒がしいな。よお坊主、これからはパパって呼べよ」

「やです」

速攻で答えた白火に、真宵は思わず吹き出した。

「というか、なんでパパ固定なんです？　もしや実は子ども溺愛しちゃう系お父さんだったり？　まあそういうギャップ、わりと好きですけど……」

「ギャップってなんだよ。どっからどう見たって、いい父親っぽいだろうが」

いやいやいや、と白火が必死の形相で割って入ってくる。

「ぼく、真宵さまの子どもじゃないですしっ！　そもそも一世一代の大事件を〝ちょっと買い物行ってきた〟みたいなノリで報告しないでくださいっ！　ああああもうこういうところが本当に天利さまにそっくりなんですよねぇぇ……っ！」

親子だああああと両手で頭を抱えて悶える白火。

うしろで鬼ふたりがうんうんと共感するように深くうなずいている。

これはもしや、呆れられているのだろうか。

「私も、まさかあんな場所で契りを交わすことになるとは思ってなかったよ。意識も朦朧としてたし、なんなら今だってまだ夢のなかじゃないかなって感じ」

「は？　まさか覚えてないとか言わないよな？」

「言いません、言いませんとも。それくらいふわふわしてたってことです。冴霧様の〝神秘の雫〟みたいな涙だってしっかりと覚えてますから安心してくださいな」

冴霧が途端に渋柿を口に含んだような顔をした。

「……それは忘れろ」

「ふふ、忘れません。記憶の家宝にします」

「っ、おまえな……元気になったと思えば、いつもの何倍も口が達者になってないか。あんまり旦那のこと舐めてると、そのうち痛い目にあ──」

真宵はくるりと振り返り、冴霧の胸元を引っ掴んだ。

とっさのことに反応できずにいる冴霧を力任せに自分の方へ引き寄せて、その唇に自らの唇を押しつける。たった一瞬。柔らかな感触が触れた箇所から伝わった。

「んん……っ！」

やや反応に遅れた冴霧が美貌を朱に染め、大きく後方へ飛びすさる冴霧。

思いのほか意表を突くことには成功したらしい。

「あんまり嫁のこと舐めてると痛い目に遭いますよ、旦那様」

真宵はしれっとした顔で忠告し、呆然とする白火を抱き直した。

生まれてこの方、十九年。ツンデレ極まりない冴霧の相手をし続けてきて、さすがの真宵もその手綱の握り方は心得ている。振り回されてばかりじゃいられない。

「このやろ……っ！」

動揺の広がる顔を腕で隠しながら、冴霧がわなわなと震える。

そんな主の両隣に立って、鬼たちはえらく悟り顔でポンとその肩に手をのせた。

「潔く諦めるんやな、主はん。どうやったってお嬢には敵わんて」

「強かな花嫁を持った宿命でしょう。大人しく振り回されるまでですよ、主」

「やかましい！　散れっ！」

同情のこもった慰めの目をするふたりを振り払い、冴霧は真宵の腕から白火を取り上げた。そのまま蒼爾へ押しつけると、ギリッと鋭い目で真宵を見下ろしてくる。

（それは新婚早々、愛する花嫁に向ける目じゃないです、冴霧様！）

襲いくる嫌な予感。

思わず後ずさった真宵に、容赦なく腕が伸びてきた。

「う、わあっ！」

逃げる間もなく、ふんだくるように勢いよく肩へと担ぎ上げられた真宵。

悲鳴じみた声をあげながら、だからなぜよりにもよって俵担ぎなのだと突っ込みたくなる。この男はいい加減、ロマンというものを学んできた方がいい。

「俺を旦那に選んだこと後悔させてやる」

「さっき絶対に幸せにするとか言ってませんでしたっけ!?」

担がれたまま、冴霧の背中をバンバン叩きながら猛抗議する。

——が、まったく聞く耳を持ってくれない。なんたることだろう。

しかもこの状況でいったいなにを察したのか、やたらと満足そうな笑みを浮かべた鬼ふたりが無情にもひらひらと手を振ってきた。

「ほんなら、主はん。オレらはコンちゃん連れて、ちょっくら天照御殿まで行ってくるからな。戻るのは明日になるで」

「えっ、えっ、天照御殿？　待って、それなら私も」

「いえいえ。主もお嬢も満身創痍なんですから、しっかり休んでいただかないと。お嬢の荷物はコン汰くんにまとめてもらいますし、なにも心配ありませんよ」

実はこれからも当分の間、真宵は冴霧邸で暮らすことになっていた。

結婚したからというよりは、翡翠の助言である。

もとより縁を持たない真宵。契り自体は成功したものの、急遽創り出した縁の繋がりは脆いため、より契りを強固にする必要があるらしい。

そのためには、共にいる時間を増やして縁を重ねていく工程が必要不可欠で、結果的に同居生活、もとい新婚生活を続けることになったわけなのだけど。

「や、やっぱり私、家に帰ります！　嫌な予感しかしない！　帰らせて！」

「はっ、誰が逃がすかよ。大人しくしないと落っことすぞ」

「もう落っことしてもいいから離してくださいぃぃい！」

いっそ泣きそうになりながら暴れるが、言葉に反して冴霧の腕はびくともしない。

がっしりと真宵の腰をホールドしたまま、のらりくらりと歩きだす。

「は、白火！　助けて！」

今こそ神使の出番だと声を張り上げるけれど、白火は蒼爾にがっしりと抱きかかえられたまま戸惑ったように視線を彷徨わせるばかり。

迷う幼子へ追い打ちをかけるように、鬼たちが白火の耳元で意味深に囁いた。

「ここは空気を読むところですよ、コン汰くん」

「せやで。新婚さんの邪魔したらあかん」

「で、ですよね。ぼくがいたら……その、だめですよね」

なにがどうだめなのか。だいたい邪魔ってなんだ。

（もう絶対、余計な気を回してる……っ）

そうこうしているうちに、冴霧に連れ去られて視界から白火たちの姿が消えた。

「ま、真宵さま〜！　明日には帰りますから〜っ！」

慌てたような白火の声だけが返ってくる。

最後の砦が崩された気がして、真宵は顔を覆った。

幼いくせに、どうしてこういうところだけは察しがいいのだろうか。

一方の冴霧は、迷うことなく屋敷の板間を進んでいる。

真宵がしばらく使っていた部屋を通り過ぎたかと思うと、三つ隣の部屋の前で足を止めた。もしや、いやもしかしなくともここは冴霧の部屋ではなかろうか。

顔面を蒼白にした真宵がその事実を確認する前に、冴霧は部屋の障子を開け放った。

ぎょっとする間もなく、不意に視界が反転する。

背中にふわりと布団の柔らかい感触を覚えたときには、不敵な笑みを浮かべた冴霧が真宵の上に覆い被さっていた。

「なっ……」

なにしてるんですか、という声は、ぴたりと唇に当てられた冴霧の指に遮られた。

ひんやりとした指先に、不覚にもどきりと胸が高鳴る。

目と鼻の先に迫る冴霧の美麗な相貌を認識すれば、もう呼吸すらためらってしまうほどに意識が集中した。意図せず視線が囚われる。

「──こうなりゃ俺の勝ち、だろ？」

いつもより数段低い冴霧の声が耳朶を撫でて、真宵はぞくりと体を震わせた。

悔しいが、力では冴霧に敵わない。

心の根底では抵抗する気もないというのが正直なところなのだけれど、それにしたってこれはいささか、心臓に悪いというか。

「……ったく、んな顔するんじゃない」

だが、先に限界が来たのは、意外にも冴霧の方だったようで。

「別になにもしないさ。……今日は、な」

「っ、え？」

「だから誘うな、煽るな、見つめるな。わかったら寝ろ」

ぼふっと真宵の隣に倒れ込むように横になり、冴霧は足元のかけ布団を引き上げる。

ひとつの布団にふたりで寝る、という謎の構図に困惑しながら、真宵はおずおずと体の向きを変えて冴霧と向き合った。

上から覆い被さっていたのが横に移動してきただけだ。距離は変わらず近い。

自身の腕を枕代わりにして、冴霧はなぜか拗ねたように眉間に皺を寄せている。

(相変わらず、この世のものとは思えないほど綺麗な顔……)

髪と同じ白銀の睫毛の長さに驚きながら、真宵は「あの」と小さく声をかけた。

「……なにもしないんですか？」

「はあ？」

冴霧がぎょっとしたように目を剥いた。

「だって、これ、いわゆる初夜ってやつでは……」

「しょっ……おまえな……！　俺をそのへんの節操ないやつらと一緒にするな。そういうことはちゃんと、その……順序ってやつを踏んでから……」

「順序」

「あーっ、もういい！　いちいち聞くんじゃない阿呆！」

ぐいっと冴霧に腰を引き寄せられる。

冴霧の胸に額が当たり、抱きしめるように背中へ手が回された。

驚いて顔を上げると「だから見るな」と後頭部を押さえられ、「うぷっ」と呻きながらふたたび冴霧の胸に顔をうずめてしまう。

そのとき、ふわりと鼻腔をくすぐった菊の花の香り。

あっ、と思わず声が漏れた。

もう二度と感じられないのではないかと思っていた大好きな香りだ。

それに絆されたのか、いつの間にか強張っていた全身の力が自然と抜けていく。

(冴霧様の匂いだ……)

ぐいぐいと顔を擦りつけて香りを堪能していると、そのうち冴霧の体がふるふると震えだした。

かと思えば、急にごろんと仰向けに転がった冴霧。

ん?と目を遣ると、両腕で額を覆ってなにやら悶えているご様子で。

「冴霧様？　すみません、くすぐったかったですか？　ちょっと久しぶりに邪が混ざらない冴霧様の香りだったので、つい……」

「……俺は無だ。話しかけるな」

「無？　あっだめですよ、まだ神力も回復してないのに神命なんか使ったら」

「違う！」

　はあああああ、と冴霧は深いため息を吐き出した。ふたたび向き合うように体勢を変えると、真宵の頬に手を添えてそっと顔を近づけてくる。

　こつん、と額が重なり、真宵は思わぬ行動に目をぱちぱちさせた。

　一瞬、口づけされるのかと思ってしまった自分が恥ずかしい。

「言ったろう、今日はなにもしないって。頼むから大人しく寝てくれ」

「寝てます、けど」

「……余計な行動をするなってことだ。ほら目を瞑れ」

　仕方なく渋々と目を瞑る。

　それでも触れ合った額が離れることはない。体温はずっと分かち合ったままだ。

　まさか、このまま寝ろと言うのだろうか。

　息遣いさえも共有しているようで、とても眠れそうにないのだけれど。

（なにこの状況……）

ふたたび目を開ける勇気もなく耐えていると、そっと離れた冴霧が「これは寝言だが」と、寝言のわりには存外はっきりとした声を落とした。

「……ここ数日、顔を合せなかったのは、俺がいなくなったあとの引き継ぎをあちこち手配していたからだ。俺は、消えるつもりであの野郎のところに行ったからな」

あの野郎、とは山峰のことだろう。

真宵はまさか、山峰が今回の事件の黒幕だとは思いもしていなかった。けれど冴霧は最初から彼を疑い、処刑のための算段をつけていたのだ。そうでなければ、この劇的な速さで原拠《げんきょ》を洗い出せるわけがない。

ちなみに山峰は、気絶したまま拘束されて天神会の役員に引き渡された。

冴霧の神命が使えない状態ということもあり、実行犯でないことも加味して流獄泉流しの刑に処されるらしい。実質減刑ということになるが、山峰ほどの小神ならもう二度と高天原には昇れなくなる。そこを見通しての決定なのだとか。

「……これも寝言ですけど。じゃあ冴霧様は、私を避けてなかったってことですか」

「ああ……避けてなかった、と言えば嘘になる」

「やっぱり！」

「許せよ。真宵にすべてを打ち明けてくれと言われた時点で、俺にはおまえから距離を取る以外の選択肢がなかったんだから」

真宵は思わず瞼を持ち上げる。

冴霧は、立てた肘に頭をのせて、真宵を物憂げに見下ろしていた。

もはや就寝を装う気配もない。

「ずっと前から決めてたんだよ。もしも真宵に俺の仕事を知られたら、俺は真宵の前から消える、ってな。いっそ記憶もすべて消してしまおうとすら思っていた」

「……私を守るため、ですか？」

前の真宵なら、ここで即座に感情的になっていただろう。

落ち着いて返すことができたのは、冴霧の本当の想いを知ったからだ。

しばしの沈黙のあと、冴霧は「いや」と睫毛に影を落とし、緩慢に首を振る。

「守るというのは建前で、結局は俺自身への欺瞞《ぎまん》だ。そう言い訳してなきゃ、俺はおまえに近づけなかった。俺は如何様《いかよう》にも穢れた存在で、最悪この世でもっとも真宵を傷つける男になりかねんからな」

とはいえ、と冴霧は一度ゆっくり言葉を切ってから、寂しげに続ける。

「おまえに隠さないでほしいと訴えられるまで、俺はそれが間違ってるなんて疑ったこともない。隠し通すことが俺にとっての愛情で、結果的に〝守る〟ってことに繋がってると思っていた」

その瞳に自嘲が浮かぶ。

「……傷つけているなんて、それこそ考えたことすらなかった」

後悔が滲む口調に、真宵はどこか他人事のように真面目だなあと思う。

いかにも適当そうだし、実際に素行がいいとは言えないけれど、冴霧はもとより物事をしっかり図ろうとする性格だ。

だからこそ、天神会の役員という重責を担っていた。どんなに非情な仕事でも、それが自分にしかできないことだと判断したから引き受けていた。行きすぎた責任感の強さはときに己を傷つける刃となるけれど、それすらも自覚した上だろう。

「真宵と向き合うことを、まったく考えなかったわけじゃない。けどな、どんなに考えても、隠し通す以外におまえを守れる方法が浮かばなかった。打ち明けた先で、真宵が傷つく未来しか見えなかった。——だから、逃げた」

冴霧の細く長い指先が、真宵の髪を愛おしそうに梳く。

体の半分以上を覆っていた長い髪は、今はもう半分ほどしかない。太腿下まであった髪が腰下まで短くなったことで、幾分か頭が軽くなったような気がする。

(そういえば、冴霧様はどんな髪が好みなんだろう)

ふと、そんなことが気になった。

「……あの。冴霧様は、この髪型嫌いですか？　半分くらいになりましたけど」

少し心配になって、話の途中にもかかわらず割り込んでみる。

冴霧はとくに気にする様子もなく、なに言ってんだとばかりにきょとんとした。

「嫌いなわけあるか。俺は長かろうが短かろうが真宵ならなんでも好きだ。どうせおまえはどんな髪型をしたって似合う」

「……ええ〜」

「ん？　なんだ。不服そうだな」

そこはどの長さが好きとか言ってくれた方が、髪型の参考になるというもので。

一方で、どの髪型にしても嫌われないとわかり、容易く浮足立つ自分もいる。

（これぞ複雑な乙女心ね……）

だいたい、不意打ちの口づけはあんなに真っ赤になるくせに、なぜこういう歯の浮くような台詞は平気な顔で言えてしまうのか。

もしや、口説いている自覚がない？

「冴霧様って、やっぱりずるいですよね……」

「あ？」

「気持ちが通じ合ったあとだと、なんだか余計に愛されてる感じがして、正直とてつもなく恥ずかしいです。照れます。自惚《うぬぼ》れちゃいます」

「はは、なんだそれ。いいじゃないか、自惚れろよ」

くしゃりと頭を撫でられる。

こういう仕草ひとつに胸を打ち鳴らしてしまうのは、惚れた弱み、代償だろうか。自惚れるどころか、いっそ恥ずかしすぎて死んでしまいそうだが。

うぅと唸っていると、冴霧は「そういうとこがな」と苦笑いを浮かべる。

「そういうとこ？」

「俺がどんなに鬱屈して心を殺していても、真宵と話していると自然と〝俺〟が戻ってくるんだよ。それがどれだけ俺を救ってくれていたか……ま、おまえは知らないだろうけど。そういうとこが真宵のずるい部分だ」

なんだ仕返しか、と真宵は唇を引き結ぶ。

「いつもいつも俺の予想の斜め上をいく。まったく、困った嫁さんだよ」

「む……それを言うなら、冴霧様の方が困った神様ですよ。私、あなたが自ら消えようとしてるって気づいたとき、本気で嫌いそうになりましたからね」

「おまえだって自分を犠牲にして俺を救おうとしただろ。お互い様だ」

むに、と頬を摘ままれる。

たしかにそうだ。真宵は自分の命が危うくなると承知の上で儀式を行った。それで冴霧を救えるのなら本望だとすら思って。その先に待ち受ける死を、覚悟しながら。

「……私たちって、やっぱり似た者同士なのかもしれませんね」

「だとしても、もう二度とあんなことはしないし、させないがな」

肘を下ろして横になると、冴霧は真宵の髪に顔をうずめるように抱き寄せてくる。

「おまえだけは失いたくない。あんな肝が冷える思いはもうこりごりだ」

「冴霧様……」

「だから、これからも俺に守られろ。どんなに傷ついても逃がしてやらんからな」

なんともくすぐったい命令だ。ふふ、と真宵ははにかむ。

「それは私の台詞です。どんなに傷ついたって、離れてなんかやりませんから」

もとより冴霧の仕事を否定する気はない。

（だって、冴霧様はやっぱり神様なんだもの）

神様はよく〝人の子は〟とか〝人の子のくせに〟とか妙に達観したことを言うけれど、真宵は神様の方がよっぽど人くさいと思っていた。

もとは人の願いから生まれたものだからか、あるいは神界の文化の影響か――彼らはひどく放逸《ほういつ》な面を持つ。それでいて気まぐれで、独りよがり。喜怒哀楽の感情の使い分けがはっきりしていて、人のように曖昧ではない。

だからこそ、必要以上の泥臭いことも平気でする。

そんな神々を相手に取り締まらなければならないのだから、冴霧のような存在は少なからず必要なのだ。

高天原の平穏を保つためにも。

善良な神が人々の願いを聞き届け続けるためにも。

それはたとえ、真宵という清めの巫女の存在がなくたって。

(けどもう、覚悟ならできてる)

すべてを知った上で、理解した上で、真宵は冴霧と共に生きていく選択をした。

もちろん一筋縄ではいかないだろう。

冴霧が懸念している〝傷つくこと〟は、これから先、さらに大きなものになって真宵を襲うのかもしれない。

もしかしたら真宵自身も心を殺さなければならないようなことも、想像を絶するような現実も待ち受けているのかもしれない。

それを丸ごと受け入れるとは言わないけれど——覚悟ならある。これからはどんなことでも正面から向き合おうと、真宵は先の誓いと共に心に決めていた。

「ねえ、冴霧様。私は、冴霧様の〝逃げる〟っていう選択を奪いましたよね」

「……そうだな」

「はい。だからもしこれから先、また逃げたくなったら言ってください。そのときにあなたから奪った〝逃げる〟という選択を返します」

どういうことだ、と冴霧が目を瞬かせる。

「なにも消えることだけが〝逃げる〟じゃありませんから。今度は、私も一緒にその

〝逃げる〟方法を考えます。大丈夫。ふたり一緒なら、他のなにもかもを捨てたって いいですし、きっと道はたくさんありますよ。冴霧様が犠牲になることも、私が犠牲になることもなく、できれば誰も傷つかない方法が理想的ですけどね」

「ふたり、一緒……か」

「はい。契りを交わしてしまった以上、私と冴霧様はもう生涯離れられませんから」

五分五分だと言われていた魂の契りは、不思議なほどするりと成功した。

けれど、きっとそれにもなにか意味があるのだろう。

もしも冴霧の差し向けに乗って他の神々と契りを交わしていたとしても、成功しなかったのではないかとすら思う。

「それに、セッちゃんや蒼ちゃん、白火もいますしね」

「──ああ、そうだな。あいつらはたしかに俺たちの味方だ」

ふ、と冴霧が顔を綻ばせる気配がした。

「真宵」

背中に回っていた腕が緩んで覗き込まれる。

嬉しそうな、それでいて泣きそうな表情が、油断した真宵の胸を甘く締めつける。

自分でもそんな表情をしていることなど気づいていないのだろう。

基本的にポーカーフェイスを崩さない冴霧にしては、珍しい。

「勘違いするなよ。今日なにもしないのは、蒼爾が言っていた通り満身創痍だからだ。俺は神力が、真宵は霊力が尽きかけてる。いくら契りを結んだからって一度なくなったもんはすぐには戻らん。今はなにより休んで回復することが優先なんだ」

「……は、はい」

「心配せずとも、いつか俺もおまえも十分に回復した際には存分に愛してやるから」

「え⁉ いや、そ、それはまだ、ご、ご遠慮願いたいと言いますか……っ」

慌てて小刻みに首を振れば、「はあ？」と冴霧が不機嫌そうに上体を起こした。

まさかここで拒否されるとは思っていなかったのだろう。

だけど、そう、だって、まだそっちの覚悟はない。

「おまえ……さっきは自分から口づけしてきたくせに！」

「そっ、それとこれとは話が違いますっ！」

「なにが違うんだよ！」

「すべてですっ！ す、べ、て！」

ぐう、と冴霧が喉を詰まらせ、恨めしそうに真宵の上に覆い被さってくる。

「ああ、そうかよ。だが、俺はもう遠慮しないと決めたんだ。なにがなんでもおまえのすべてを奪い取ってやるから、せいぜい覚悟しておくんだな」

「お、お、お……」

「……お？」

「──お断りします──‼」

真宵の渾身の絶叫が響き渡り、冴霧が耳を押さえてひっくり返った。

ああ、まったく、めでたく夫婦になったというのに変わらない。

不器用なふたりの結婚生活は、すでに前途多難の予感が満ちあふれている。

──だとしても、今ここに、たしかな縁は生まれた。

たとえ目には見えなくとも、それは決して千切れることのない恋の糸。

神様と人の子を繋いだ妖しく不思議な縁は、これからも途切れることなく、高天原の悠久の時と共に続いてゆくだろう。

だから、真宵は強く強く、未来に向けて思いを馳せるのだ。

「ふっざけんなよ、真宵ぃぃぃぃぃっ！」

願わくば、この婚姻の行く先が幸せなものでありますように──と。

了

あとがき

はじめまして、琴織ゆきと申します。

この度は数ある書籍のなかから本書をお手に取ってくださり、誠にありがとうございます。本書を通してあなた様との縁が生まれたこと、大変嬉しく思います。

ここからは多少のネタバレを含みますので、未読の方はお気をつけください。

本作は、幸か不幸か神隠しされてしまった人の子と、とある残酷な宿命を背負った神様の異類婚姻譚となっております。神々の国——高天原を舞台にした恋のお話を書きたいなと思ったとき、私のなかで最初に『冴霧』の存在が浮かびました。

というのも本作は、同世界線の物語として紡いだ他作品の延長線上に生まれたお話だったのです。そちらの作品では、本作でも登場した『翡翠』がメインとなっているのですが、『冴霧』はその時から『翡翠』の親友として思い描いていました。

ゆえに、今度は彼をメインに据えて書こうと思い立ち、こうして本作が生まれたというわけなのですが。——すでに読了後の方はおわかりいただけると思います。

この『冴霧』、十全十美な見目にそぐわず、とんでもなく不器用なお方なのです。

そして、彼に恋をしてしまった『真宵』もまた、負けず劣らず不器用でした。

ただでさえ厄介なものをたくさん背負ったふたりが、そんな不器用さを最大限に発揮して、まあすれ違うことすれ違うこと。

執筆中、これほど行き場のないもどかしさを感じたことはありません。

けれど、そうしてすれ違った時間は、きっと無駄ではなかったのだとも思います。

どんなに心を通じ合わせていても、言葉にしなければ伝わらないこともある――そのことに彼らが気づけたのは、間違いなく真正面からぶつかったからです。

お互いが大切で、相手を想うからこそ生まれたすれ違いではありますが、これから長い時を共に過ごしていくためには、きっと必要なことだったのでしょう。

ほんの少し素直になることを覚えたふたりの未来が、どうか幸せなものであるように――彼らが織りなす日常を、作者の私もそっと見守っていきたい所存です。

最後になりましたが、担当編集の三井様をはじめとした、スターツ出版文庫編集部の皆様。この物語に美しく鮮やかな命を吹き込んでくださった、イラストレーターのななミツ様。本書の刊行にあたりお力添えいただいたすべての皆様。そしてなにより、本書を手にとってくださったあなた様へ、心より感謝を申し上げます。

読了後、どうかあなた様の心に、わずかでも温もりが届いていますように。

それではまたどこかでお会いできる日を心待ちにしております。

琴織ゆき

この物語はフィクションです。実在の人物、団体等とは一切関係がありません。

琴織ゆき先生へのファンレターのあて先
〒104-0031　東京都中央区京橋1-3-1　八重洲口大栄ビル7F
スターツ出版（株）書籍編集部 気付
琴織ゆき先生

龍神様の求婚お断りします
～巫女の許婚は神様でした～

2022年5月28日　初版第１刷発行

著　者　　琴織ゆき　©Yuki Cotoori 2022

発 行 人　菊地修一
デザイン　カバー　北國ヤヨイ（ucai）
　　　　　フォーマット　西村弘美
発 行 所　スターツ出版株式会社
　　　　　〒104-0031
　　　　　東京都中央区京橋1-3-1　八重洲口大栄ビル7F
　　　　　出版マーケティンググループ　TEL 03-6202-0386
　　　　　（ご注文等に関するお問い合わせ）
　　　　　URL　https://starts-pub.jp/
印 刷 所　大日本印刷株式会社

Printed in Japan

ISBN　978-4-8137-1273-2　C0193